秘剣の名医

九

蘭方検死医 沢村伊織

永井義男

JN021263

N
W E
S

コスミック・時代文庫

この作品はコスミック文庫のために書下ろされました。

◇妾の斡旋をする口入屋
『絵本時世粧』（歌川豊国、享和二年）、国会図書館蔵

◇ 八百屋

『撃也敵野寺鼓草』（曲亭馬琴著、文化七年）、国会図書館蔵

まめ

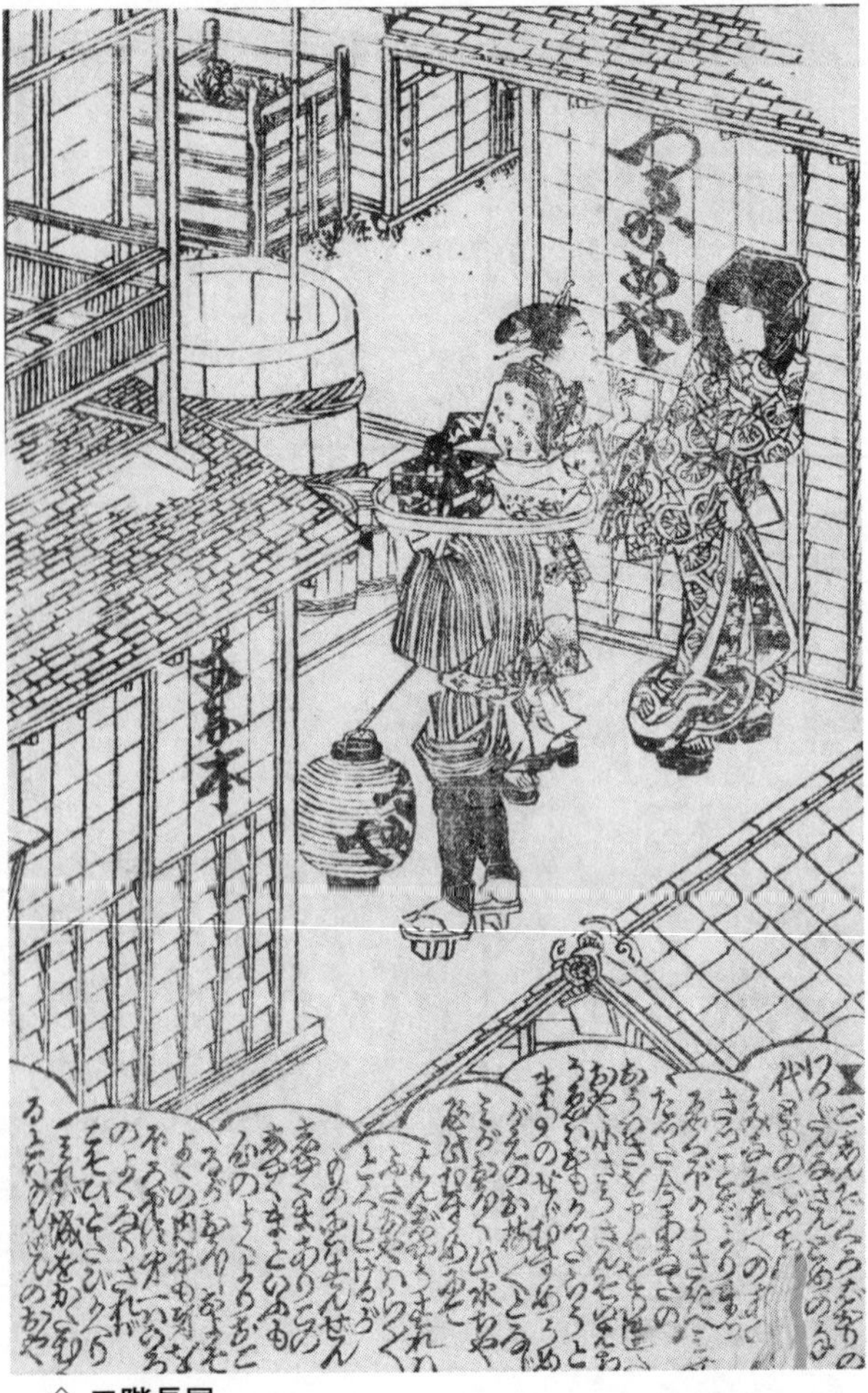

◇ 二階長屋

『大晦日曙草紙』（山東京山著、安政六年）、早稲田大学図書館蔵

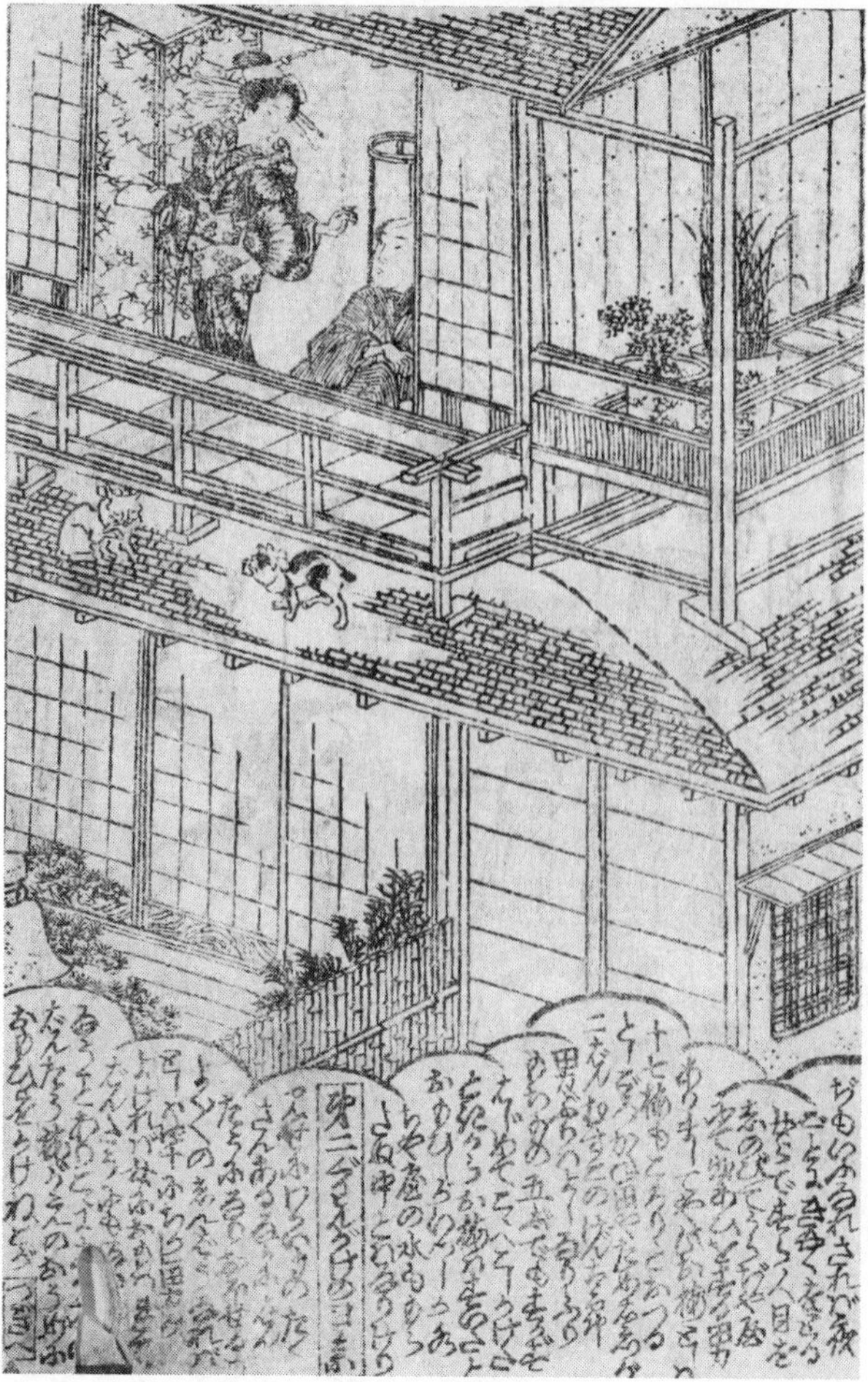
ぢもりかゝれされば秋
二とゝよ[illegible]くえゝから
せらでもらく人目を
あのえでとらげに[illegible]
ぞく[illegible]あひとまゝ男か
あのすしてわひお[illegible]ゆ
十七歳もとよりこゝおつる
とくぞへかく[illegible]にたちあがり[illegible]
二るんねむすこのげんな[illegible]
男ぶりのよくふとりふり
あのめ五[illegible]でゐきまうぢを
えびめそてまへとくうけさ
と[illegible]うお[illegible]れきのさと
おかじろのゝ一らゝあ
らや[illegible]の水もあら
よ店中とゐ[illegible]りけり
第二ツもんつけの[illegible]
の[illegible]ふびらべめのたく
さんある[illegible]
たちふ[illegible]
よくの[illegible]
[illegible]
よかければ[illegible]
たんさ[illegible]
るらチ[illegible]
たんたら[illegible]のおう[illegible]
おもひをかけわとぞ[illegible]

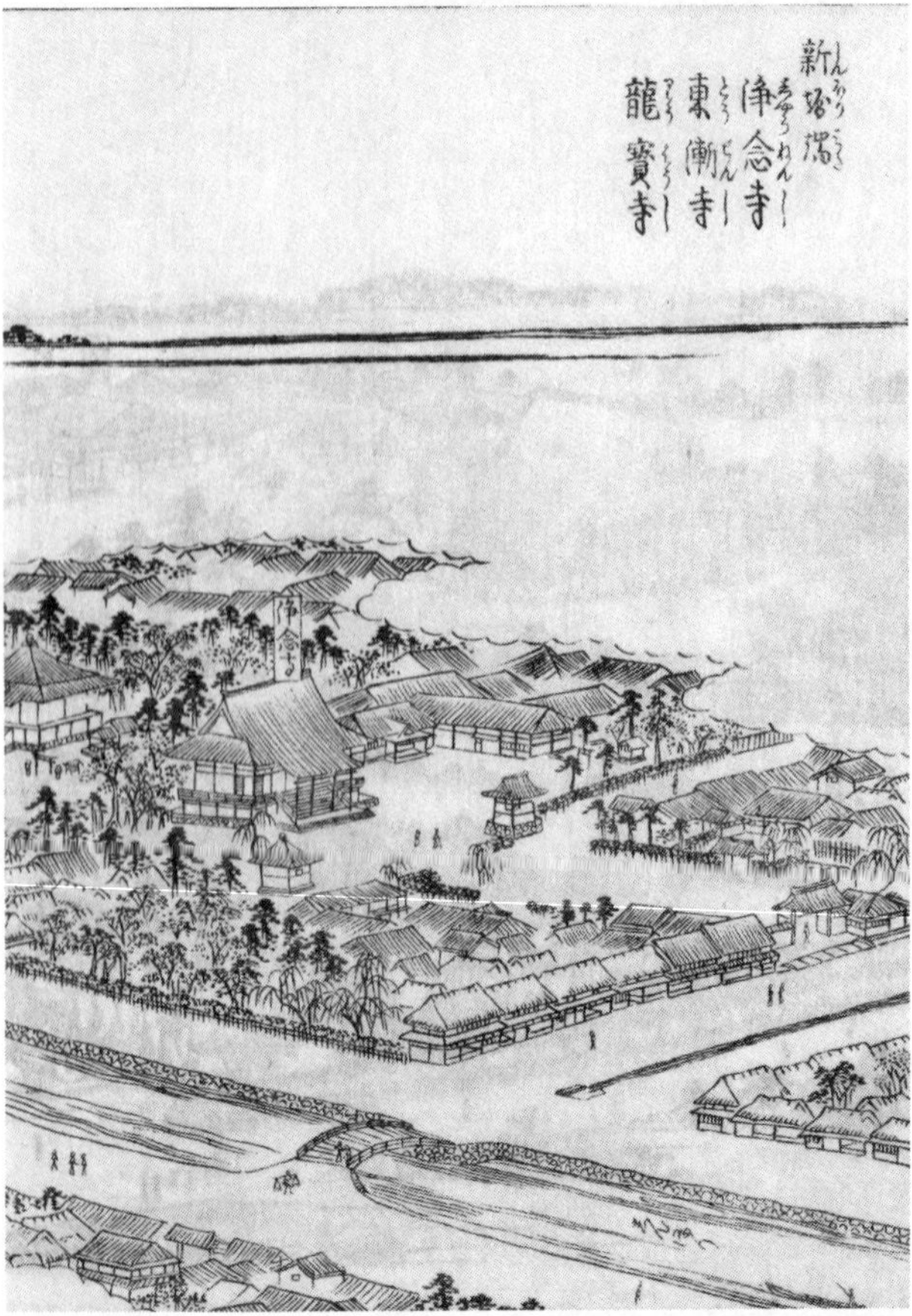

◇ 新堀端、浄念寺・東漸寺・竜宝寺
『江戸名所図会』（天保七年）、国会図書館蔵

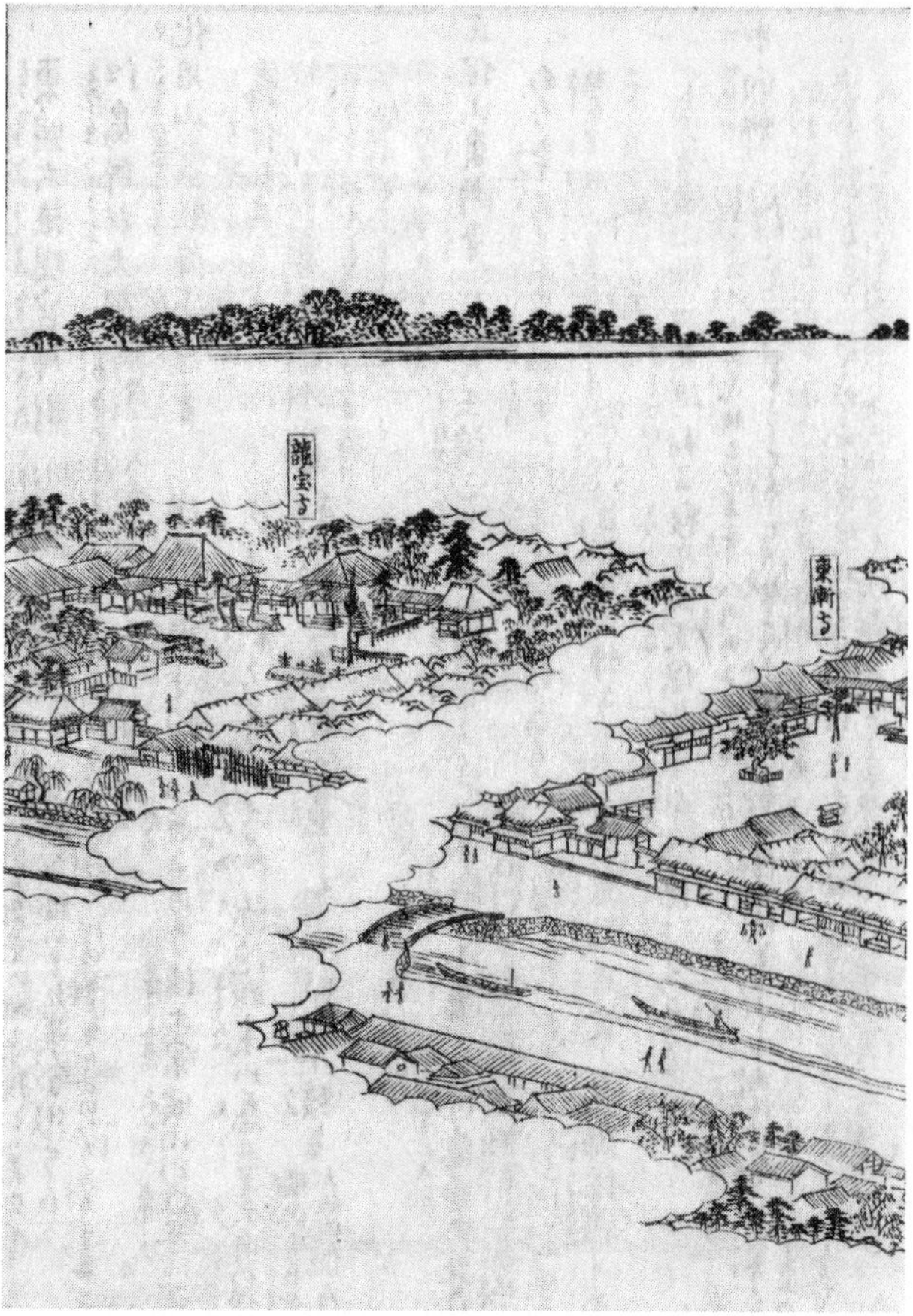
龍宝寺
東漸寺

◇ 陰間と若い者
『江戸男色細見』、国会図書館蔵

文字屋

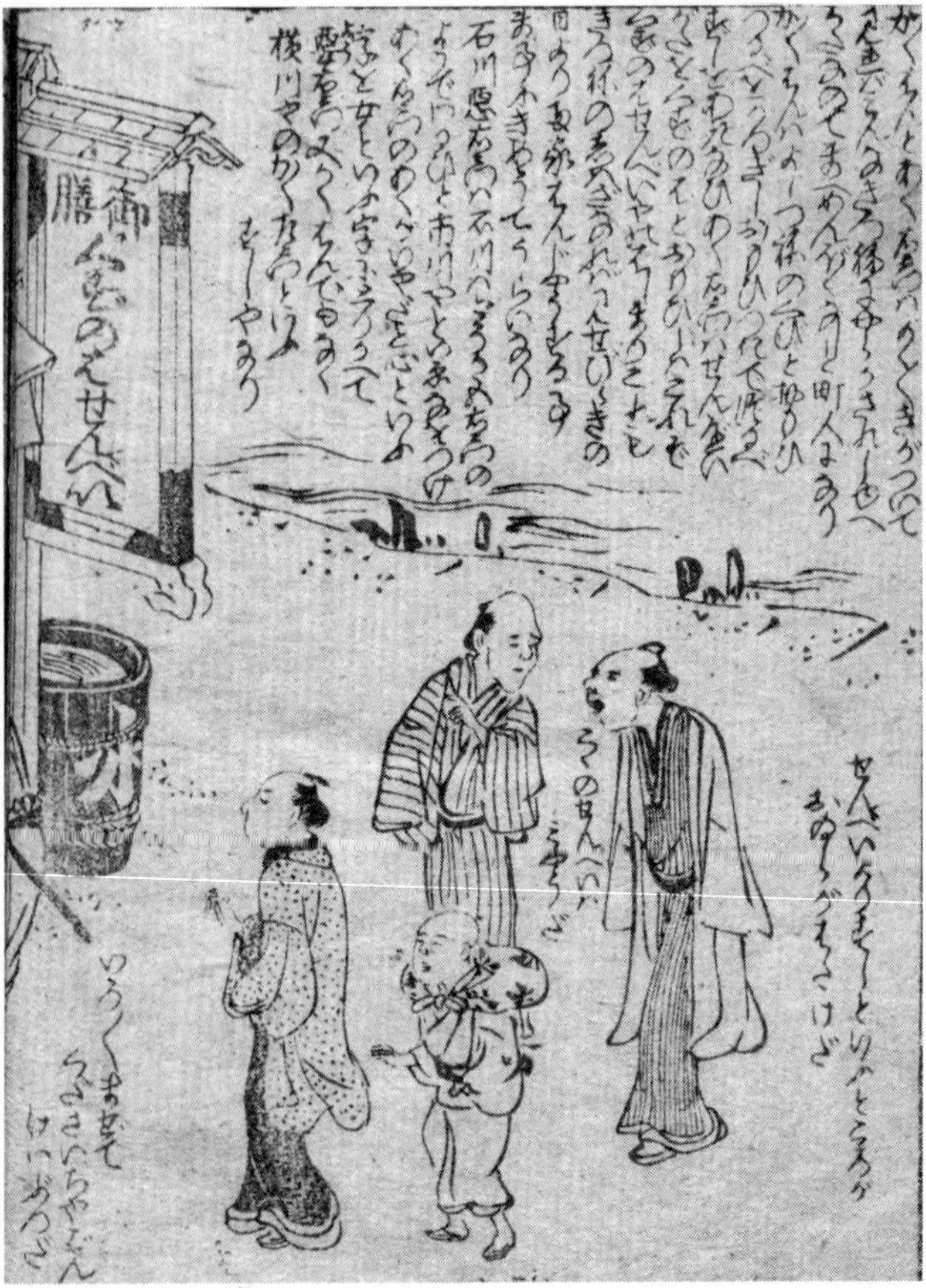

◇ 表長屋
『如何弁慶御前二人』（桜川慈悲成著、寛政七年）、国会図書館蔵

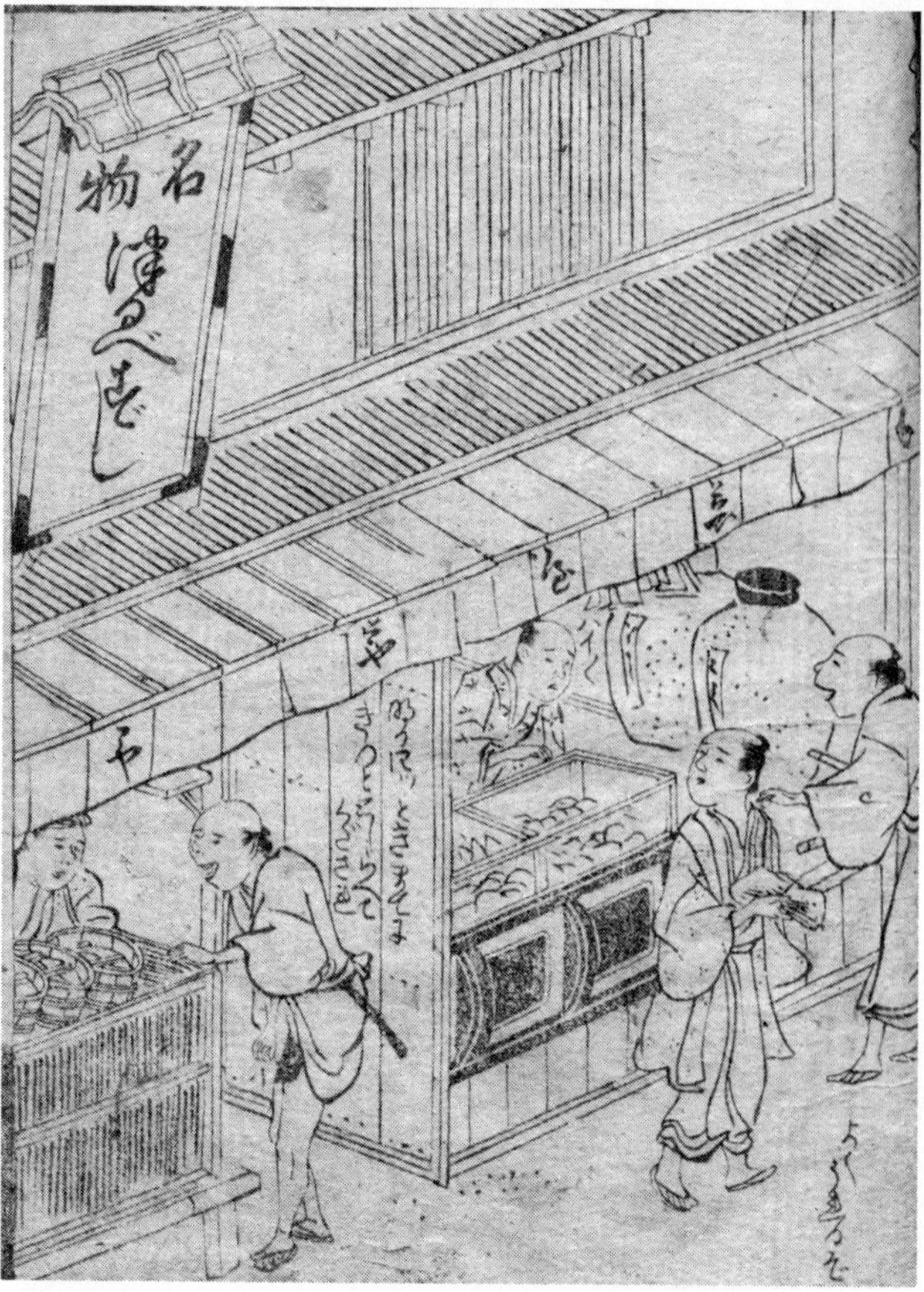
名物

◇ 質屋の蔵の内部
『北里花雪白無垢』（山東京山著、文政五年）、国会図書館蔵

◇ 絵の道具を持ち、机に向かう日本婦人
『日本風俗備考』（フィッセル著、一八三三）、
国際日本文化研究センター蔵

目次

第一章　絞　殺

一

浅草阿部川町《あさくさあべかわちょう》の通りには、多くの行商人が行き交っていた。

魚の棒手振《ぼてふり》が、鯖《さば》をのせた盤台《はんだい》を天秤棒《てんびんぼう》でかつぎ、足早に歩いている。

岡《おか》っ引《ぴき》の辰治《たつじ》は、盤台の鯖にちらと目をやった。

「旦那、めっきり寒くなりやしたね。おかげで、生《なま》ものの検分は助かりやすよ」

「おい、生ものとは死体のことか。足の早い鯖と人間の死体を一緒にするな」

南町奉行所の定町廻《じょうまちまわ》り同心、鈴木《すずき》順之助《じゅんのすけ》が叱《しか》り、睨《にら》む真似をしたが、頬《ほお》はゆるんでいる。

笑いをこらえていると言おうか。

辰治はすっとぼけた顔をしている。

朝、鈴木が巡回で浅草阿部川町の自身番を訪れたところ、詰めていた町役人から、

「町内に変死人がございます。ご検使をお願いします」

と要請された。

そこで、鈴木に手札《てふだ》をもらっている岡っ引の辰治が案内し、現場に向かうところだった。

辰治は、すでに昨日のうちに知らせを受け、死体を検分していた。そして今朝、自身番で、鈴木の巡回を待っていたのだ。

「殺されたのは女か」

「歳は二八《にはち》の、なかなかいい女ですぜ。名はお澄《すみ》。惜《お》しいことに、死んでいますがね」

「ふ〜む、二八ということは、十六歳か。たしかに、惜しいな」

「お澄の父親が、

『こんなところに娘を裸同然で放って置くのは、あまりに不憫《ふびん》です。家に連れて帰りたい』

と願ってきたのですがね。

わっしは、

『お奉行所のお役人の検使を受けるまでは、動かしてはならねえ』

と、ピシリと言ってやりやしたよ。

するってえと、今度は母親が、

『このかっこうではかわいそうなので、せめて着物を着せてやりたい』

と、願ってきましてね。

これも、

『駄目だ、お役人の検使が終わるまでは、いっさい手を触れるな』

と、命じておきやした」

「ほう、すると、お澄という女は真っ裸なのか」

「真っ裸ではありやせんが、まあ、裸同然ですな。長襦袢《ながじゅばん》一枚で、股座《またぐら》は丸見えですよ」

「ほう、それは眼福《がんぷく》だったな」

「へ、旦那、がんぷくって、なんですかい」

「目の保養ということだ」

「へへ、旦那、目の保養にはやはり、ピチピチはねているような、活《い》きのいい二八じゃなくては」

「おい、贅沢《ぜいたく》を言うな」

ふたりはニヤニヤしている。

やはり案内のために同行している町役人は、同心と岡っ引のやりとりに憮然《ぶぜん》とした顔をしていた。

殺人現場に検使に向かいながら、ふたりが被害者を肴《さかな》にして、気楽に冗談を言いあっているのが信じられない気分らしい。

それでも、町役人は神妙な表情で、

「鈴木さま、あそこでございます」

と、前方の表長屋を示した。

浅草阿部川町の表通りに面した二階建ての長屋で、間口が一間《けん》半（約二・七メートル）ほどの小さな店が並んでいる。それぞれ、一階が店舗、二階が住居になっていた。

「あの、なかほどの八百屋《やおや》ですよ」

辰治が言った。

八百屋の右隣は下駄屋《げたや》、左隣は古着屋だった。

閑散《かんさん》としている八百屋とは対照的に、下駄屋と古着屋にはそれぞれ数人の客がいて、主人となにやら話をしている。

八百屋の噂《うわさ》をしているのかもしれなかった。

＊

表の板戸は取り払われているので、敷居をまたいで中に入ると、広い土間になっていた。

土間の右手に大きな台が置かれている。上に大根、葱《ねぎ》、蓮根《れんこん》、椎茸《しいたけ》などが並んでいた。

左手にはいくつかの木箱が置いてあり、中には豆、舞茸《まいたけ》、昆布《こんぶ》などが入っている。壁には、鰹節《かつおぶし》と鯣《するめ》が吊《つ》るされていた。

町役人が声をかける。

「おい、八兵衛《はちべえ》、お役人のご検使だ」

土間をあがると、四畳半くらいの畳の部屋である。

部屋には、色の浅黒い男が所在なげに座っていた。主人の八兵衛であろう。

役人の検使があると知り、誰も店に寄りつかないに違いない。

無聊《ぶりょう》をもてあましていたのだ。

「へい、ご苦労さまでございます」

八兵衛が頭をさげた。

言葉と態度は丁重《ていちょう》だが、その表情は暗く、不安そうだった。

部屋の左側に小さな机が置かれ、上には算盤《そろばん》が乗っている。背後の壁には、分厚い大福帳《だいふくちょう》が吊るされていた。

右側には、急勾配《きゅうこうばい》の階段がある。

土間に草履《ぞうり》を脱ぎながら辰治が言った。

「あがらせてもらうぜ。

おい、死体は動かしていないだろうな」

「もちろん、そのままにしてあります。おかげで、あたしども夫婦は昨晩、奉公人と一緒に、ここで寝ましたよ」

八兵衛にすれば、精一杯の抗議なのかもしれない。

いつもは、主人夫婦は二階で、下女は店舗の四畳半に布団を敷いて寝ているのだ。

ところが、二階は死体に占領されているため、主人夫婦と下女は四畳半で雑魚《ざこ》寝《ね》をせざるをえなかった。

しかし、辰治はそんな皮肉《ひにく》は歯牙《しが》にもかけず、

「では、旦那、二階に行きやしょう」

と、鈴木をうながす。

障子《しょうじ》で仕切られているが、部屋の奥が板張りの台所になっている。辰治が障子の隙間《すきま》からのぞいたところ、女房と下女は台所にいるようだった。

そのとき、土間に足を踏み入れながら、

「旦那さま。行ってきましたが、留守でした」

と声をかけてきた者がいる。

鈴木の供をしている、中間《ちゅうげん》の金蔵《きんぞう》だった。看板法被《かんばんはっぴ》を着て、挟箱《はさみばこ》を棒に通して肩にかついでいる。

鈴木が金蔵に言った。

「おい、往診に出ているのなら、しばらく待てば戻るだろうよ」

「いいえ、沢村伊織《さわむらいおり》先生は新しくできた診療所のほうに行っているとかで、夕方まで戻らないそうでしてね」

「新しい診療所？　初耳だな」

鈴木が首をかしげる。

辰治が言った。

「あの先生も、流行《はや》り医者になったのかもしれませんぜ。なにせ、シーボルトの弟子《でし》で、新進気鋭の蘭方医《らんぽうい》ですからね。

しかも、お奉行所の依頼を受けて、変死体の検死をして謎《なぞ》を解いているようだ、なんぞという噂が広がれば、あちこちから声がかかるのかもしれません。

『うちの亭主《ていしゅ》がぽっくり死んだのですが、死因はなんでしょうか』

というわけでさ。

そこで、調べてみると、腹上死」

鈴木はプッと吹きだしそうになったが、かろうじて笑いをこらえたようである。

咳《せき》払いをしたあと、重々しく言う。

「よし、おそらく今回は、蘭方医を頼むまでもなかろう」

「へい、もし、わからないことがあれば、わっしが今夜か明日にでも先生のところに行き、尋ねてみますよ」

「うむ、そうだな、それがよかろう。

「そのほう、そこで待っていてくれ」

鈴木が中間に、土間で待つよう命じる。

辰治が八兵衛に言った。

「よし、二階に案内してくんな」

「へい、どうぞ、こちらへ」

主人の八兵衛が先に立ち、階段をのぼる。

そのあとに鈴木、辰治、そして最後に町役人が続いた。

いっぽう、中間の金蔵は上框《あがりかまち》に腰をおろし、腰にさげている煙管《きせる》を取りだした。

しばらく、のんびりできるとわかり、嬉《うれ》しそうである。

＊

二階は十畳ほどの部屋だった。

布団の上に、長襦袢だけのお澄が、仰向《あおむ》けに横たわっていた。

腰のあたりに、浅黄木綿《あさぎもめん》の湯文字《ゆもじ》が投げだされている。長襦袢の乱れた裾《すそ》から、陰部が丸見えだった。

枕元に枕がふたつ、転がっている。そばに、煙草盆《たばこぼん》と、茶碗《ちゃわん》がふたつ置いてあった。

脱いだ着物は、衝立《ついたて》に掛けられている。

お澄の顔は鬱血《うっけつ》で、やや暗い赤紫色《あかむらさきいろ》になっていた。

「てめえの見立てを言いな。とりあえず、殺した者を『甲《こう》』と呼ぼう」

鈴木が言った。

辰治が十手《じって》で、お澄の頸部《けいぶ》を示す。

「頸《くび》に指の痕《あと》が残っていやす。また、鼻血を出していて、唇からも少し血が出ていやす。

これから見て、甲は馬乗りの姿勢になって正面から、片手でお澄の口と鼻を押さえ、片手で首を絞めたに違いありません。

頸に残った指の痕からすると、首を絞めたのは右手、口と鼻をふさいだのは左手でしょうな」

「うむ、拙者も同感だ。

ところで、甲はなぜ両手で首を絞めず、片手で鼻と口をふさいだのだろうな」

「お澄が叫《さけ》びそうになったからじゃねえですかい。下に聞こえるのを恐れたのでしょう」

「うむ、その点も、拙者は同感だ。

首を絞めて殺したのは明白だが、いちおう、全身を見ていこう」

辰治が長襦袢をはがし、全身をあらわにする。

とくに外傷はなかった。

最後に、辰治が両膝《ひざ》の下に手をすべりこませ、お澄の腰を浮かした。

「ご覧ください。小便を洩《も》らしています」

布団に失禁《しっきん》しているのを見て、八兵衛が顔をしかめた。

なんとも無念そうである。ただの寝小便なら布団を干せばいいが、死体の失禁となれば、そうもいかないのであろう。

「おい、ちょいと待て。それはなんだ」

鈴木がお澄の下腹部を指さした。

陰部のやや上の皮膚《ひふ》に、一本の陰毛が張りついていたのだ。お澄はまだ生《は》え初《そ》めたばかりで、その陰毛は短い。

辰治は昨日、すでに死体を見ていたのだが、気づかなかった。すでに夕方だったので、部屋の中が薄暗かったこともあろう。

ともあれ、鈴木の眼力の鋭さに驚く。

「旦那、これはあきらかにお澄のものじゃありやせんね。長さからいって、男の毛ですぜ」

「うむ、身体を重ね、こすりあわせたときに、抜けて落ちたのであろう。つまり、甲の陰毛だ」

「この毛から、甲を突きとめることができるでしょうか」

「おい、それこそ蘭方医の出番だろうよ」

「なるほど、沢村伊織先生の出番ですな」

「あの先生は顕微鏡《けんびきょう》も持っていると聞いたぞ」

「へ、けんびきょうって、なんですかい」

「小さな物が、大きく見えるからくりだ。蚊《か》の目玉が、蜻蛉《とんぼ》の目玉くらいに見える……そうだ。拙者も聞きかじりで、実際に顕微鏡をのぞいたことはないがな」

「ほう、そうですかい。するってえと、この毛が、神社の注連縄《しめなわ》くらいに見えることになりやすね。そうなると、いろいろわかるかもしれませんな。まさか、毛に名前が書いてあることはないでしょうが。

では、先生に見てもらいやしょう」

辰治が懐《ふところ》から懐紙《かいし》を取りだし、陰毛を丁寧《ていねい》に包んだ。

「さて、死体の検分は終わった。

では、事情を聞こうか」

鈴木が町役人に言った。

町役人が八兵衛の顔を見て、

「おい、お話ししろ」

と、うながす。

八兵衛はぺこりと頭をさげると、

「事情は、あたしより女房のほうがよく知っておりますので。女房のお高《たか》から説明させせます。女房を呼んできますので」

と言うや、逃げるように階段をおりていく。

これを機会に、女房と入れ替わるつもりのようだ。

その背中に、辰治が声をかけた。

「煙草盆の火入れに、火がないぜ。ついでに、火を頼む」

二

お高は襷《たすき》がけをし、前垂れをしたままだった。

岡っ引の辰治が、お高が持参した煙草盆をさっそく引き寄せ、煙管の煙草に火をつける。

一服したあと、お高に言った。

「昨日、わっしは、おおよそのことを聞いたが、お役人の前で、もう一度くわしく話しな。思いだしたことがあれば、それもな」

同心の鈴木順之助も、腰の煙草入れから煙管を取りだしながら言った。

「そもそも、お澄はどこの誰で、この店とは、どんな関係だ。まず、そこから話しな」

「へい、浅草新堀端《しんぼりばた》に竜宝寺《りゆうほうじ》という寺がございます。新堀川を越えて、すぐのところですけどね。

竜宝寺の門前に岡田屋《おかだや》という駕籠屋《かごや》があり、お澄ちゃんはそこの娘です」

「ほう、駕籠屋の娘なので、男を乗せるのが上手だったのか」

辰治がつぶやいた。

鈴木は笑いをこらえ、尋問《じんもん》を続ける。

「なぜ、お澄を知っているのだ」

「じつは、あたしは岡田屋で女中奉公をしていたのです。仲人《なこうど》をしてくれる人がいて、いまの亭主と所帯を持ったものですから。それで、お互いに知っていたのです。ときどき、お澄ちゃんが近くに来たときなど寄って、あたしと話をしておりました。

あるとき、お澄ちゃんがあたしを訪ねてきて、こう言いました。

『昼間、二階を貸してくれないかい』

あたしは、男と逢引《あいび》きするつもりなのだと、ピンときましたけどね。

昼間は、亭主もあたしも店に出ているので、二階はあいています。しかも、もとの奉公先の娘さんの頼みですからね。あたしも断れなくて、つい」

辰治が目を怒らせ、

「おい、誤魔化《ごまか》すな。なぜ、お澄はてめえに、二階を貸せなどと言ったのだ。もしかしたら、それまでも二階をいろいろと貸していたのではないのか。正直に答えろ」

と、煙管の雁首《がんくび》を突きつけた。

お高が顔を赤らめる。

「へい、それまでも頼まれれば、ときどき人に貸していました。お澄ちゃんは、それをどこかで小耳にはさんだようでした」

「おい、親切心で男と女に二階を貸していたわけではあるめえ。いくら、もらっていたのだ」

辰治が舌鋒《ぜっぽう》鋭く追及する。

お高は観念したのか、小声で言った。

「南鐐一片《なんりょういっぺん》です」

「ほう、南鐐二朱銀《にしゅぎん》一枚で八百屋の二階を貸し、出合茶屋《であいぢゃや》もどきの商売をしていたわけか」

そばで聞きながら、町役人はいかにも苦々《にがにが》しそうだった。へたをすると、自分に責任が及ぶ事態を案じているに違いない。

鈴木が、いきりたつ辰治を宥《なだ》めつつ、お高に言った。

「まあ、そのあたりは大目に見よう。

その件で、しょっ引くつもりはないから、安心しろ。その代わり、正直に答えよ。お澄が最初に二階を借りたのは、いつだ」

「一年ほど前でしょうか」

「そのときの男が、昨日の男か」

「いえ、違います。お澄ちゃんは男出入りが多いと言いましょうか。あたしが岡田屋に奉公していたころから、お澄ちゃんに言い寄ってくる男は多かったですからね。また、お澄ちゃんもそれを楽しんでいましたから。

これまで、二、三人の男と来ています」

「ほう、男関係は派手だったようだな。すると、昨日の男とお澄が最初に来たのはいつだ」

「三か月くらい前でしょうか。それからは、ちょくちょく。五、六回は来ましたね。

それまでは、男と来ても、せいぜい二回でしたから。

あたしは、お澄ちゃんも本気で惚《ほ》れたんだなと思っていたのです」

「男の名は」

「トクさんとしか、わかりません。お澄ちゃんはいつも、トクさんと呼んでいましたから。あたしも声をかけるときは、トクさんと呼んでおりました」

「ふうむ、徳兵衛《とくべえ》か徳三郎《とくさぶろう》あたりだろうが。しかし、色男に徳兵衛はふさわしくないな。徳三郎がふさわしいか」

「旦那、甲はまぎらわしいので、これからはトクと呼びやしょう」

辰治が横から言った。

鈴木はあっさり了承する。

「そうだな、よし、トクと呼ぶことにしよう。

おい、トクの商売はなんだ」

「さあ、あたしも知らないのです。でも、それなりの商家の若旦那のようでしたね。身なりからして、奉公人には見えませんでした。

色白で、物腰もやわらかで、役者にしたいような色男でした」

「ふうむ、そうか。では、昨日、お澄とトクが来たときの様子から話しな」

「へい。八ツ（午後二時頃）前だったでしょうか、お澄ちゃんが来て、

『二階を貸してもらえるかい』

と言いましてね。

あたしが、いいよと答えると、お澄ちゃんは、

『あとから、トクさんが来るから』

と言って、二階にあがっていきました。

しばらくして、トクさんが現われました。

『いるかい？』

『はいよ、お待ちかねだよ』

トクさんはうなずいて、二階に行きます。

そのあと、あたしは下女に言いつけて、ふたりの履物《はきもの》を勝手口にまわしました。

お澄ちゃんは駒下駄、トクさんは草履でした」

「なぜ、ふたりの履物を勝手口にまわすのだ」

「そりゃあ、ふたりに、きまりの悪い思いをさせないためですよ。来るときは、別々に来るくらいですからね。

帰りは、台所の勝手口から、別々に出ていくのです。そうすれば、人に見られても、恥ずかしい思いをせずに済みますからね」

「ふうむ、『人は道によって賢《かしこ》し』というが、まさにそのとおりだな。商売によって、独特の気遣《きづか》いがあるわけか」

鈴木が感心したように評した。

お高は曖昧《あいまい》に笑う。

「二階の様子はどうだったのか。なにか、変わったことはなかったか」

「トクさんが二階にあがったあと、下女がお茶と煙草盆を持っていき、すぐに戻りました。

そのあとは、とくに……。いつもどおりといいましょうか」

「言い争う声とか、揉《も》みあう音とかはしなかったか」

「よがり声が聞こえてくるのや、天井がギシギシ軋《きし》むのは、いつものことですから。もう、慣れていると言いましょうか。とくに、聞き耳を立てることはしませんので」

「ふうむ、それで、トクが帰るときの様子はどうだったのか」

「トクさんがひとりで階段をおりてきましたが、帰るときはしばらく間を置いて、別々に出るのはいつものことなので、とくに気にしませんでした。ただ……」

「ただ、どうした」

「トクさんがあたしに、指で二階を示して、

『寝ているから、しばらくそっとしてやっておくれ』

と言いましてね。

そこで、あたしが、

『よっぽど疲れたんだね』

と、からかうと、トクさんは笑いもせずに、そそくさと勝手口から出ていきました。そのとき、あたしはちょいと妙だなとは思ったのですが。

お澄ちゃんは寝ているとのことなので、そのままにしていたのですが、だんだん陽が陰《かげ》ってきたこともあり、あたしも気になって、階段下から『お澄ちゃん』と声をかけたのです。でも、返事がありません。

そこで、二階に行ってみると、このありさまでした。びっくり仰天《ぎょうてん》して、腰が抜けそうでしたよ」

「それから、どうした」

「亭主が自身番に知らせに走り、あたしは岡田屋に知らせにいったのです。それからはもう、てんやわんやの騒ぎでして。

自身番から知らされ、こちらの親分も来ましてね。

岡田屋から旦那さまとご新造《しんぞ》さまが来て、お澄ちゃんを連れて帰りたいと言ったのですが、こちらの親分が、

『お役人の検使が終わるまでは、動かしてはならねえ』

と言って。

そういうわけで、そのままにしておいたわけです」

「おそらく痴話喧嘩《ちわげんか》の果てに、カッとなって首を絞めたのだろうが。トクが殺したのに違いないが、名前も住まいも知れないからな。う～む、どうやって調べるかな」

鈴木が腕組みをする。

辰治がお高に言った。

「てめえ、トクの顔は知っているよな。もし道ですれ違えば、すぐにわかるか」

「へい、それはもう、すぐにわかりますよ」

「旦那、これは、例の似顔絵にかぎりますぜ」

「うむ、拙者も似顔絵は考えた。

しかし、似顔絵を作るとしても、ある程度、範囲を絞らないと、雲をつかむような話だぞ。似顔絵をかざして、浅草広小路《ひろこうじ》や下谷《したや》広小路に一日中、立っているわけにもいくまい」

「たしかに、そうですな。う～む」

辰治も渋い顔になった。

しばらく考えていた鈴木が、お高に言った。

「お澄の女友達を知っているか。おたがい、男の噂話や、のろけ話をするような間柄《あいだがら》の友達だ」

「へい、そうですね、ちょいと待ってください……。

やはり、お染《そめ》ちゃんでしょうかね。

竜宝寺の門前に、河内屋《かわちや》という瀬戸物屋があります。そこに、お染という娘がいて、年頃も同じです。ふたりはよく連れだって出歩いていました。お染ちゃんになら、トクさんの話もしそうですね」

「よし。そのお染が意外と、トクのことを知っているかもしれないぞ。

おい、辰治、てめえ、お染にあたってみろ」

「へい、かしこまりやした」

「それと、似顔絵だ。お喜代《きよ》といったかな、あの女絵師に頼んでみてくれ」

「へい、じゃあ、これからお染を訪ね、下谷七軒町《したやしちけんちょう》には明日、行きやすよ」

「うむ、頼むぞ」

ようやく検使が終わり、町役人は安堵《あんど》のため息をついていた。少なくとも、町内に面倒が押しつけられることはないとわかったからであろう。

階下《した》におりると、岡田屋の主人夫婦がいた。八百屋の下女が、呼びにいったようだ。

岡田屋の主人の市左衛門《いちざえもん》が鈴木を見て、深々と頭をさげる。

「お役目、ご苦労に存じます。ところで、娘の遺体はもう、引き取ってよろしゅうございますか」

「うむ、気の毒だったな。検使は終わった。連れて帰ってよいぞ。ねんごろに弔《とむら》ってやることだ」

死体がようやく我が家から運びだされるとわかり、八兵衛とお高の顔に喜びの色が広がる。それでも、やはり岡田屋の主人夫婦の手前があるのか、感情をあらわに表さないように努めていた。

辰治が岡田屋の主人夫婦に言った。

「ところで、トクという男に心あたりはあるかね」

「いえ、存じません」

そう言ったあと、市左衛門は女房のお熊《くま》を見る。

お熊は一瞬の間を置いて、激しく顔を横に振った。

「いえ、娘から聞いたことはございません」

「そうか。ともかく、娘のお澄を殺した野郎は、かならず捕まえるからな。安心しなせえ。ちゃんと手がかりがあるからな」

辰治が自分の懐を叩《たた》いた。

鈴木は怪訝《けげん》そうな顔をしたが、続いて、こみあげてくる笑いをこらえている。辰治が陰毛のことを言っていると、察したようだ。

外に出ると、駕籠がとまっていた。

庶民が利用する四手駕籠《よつでかご》ではなく、やや高級な「あんぽつ駕籠」のようである。岡田屋は駕籠屋だけに、人足《にんそく》に命じて、お澄の遺体をあんぽつ駕籠で家まで運ばせるのであろう。

「では、拙者は巡回に行くぞ」

鈴木は中間の金蔵を従え、次の自身番に向かう。

辰治は鈴木と別れたあと、竜宝寺の門前に足を向けた。

三

菊屋橋《きくやばし》のそばにも竜宝寺という寺があるが、浄土宗《じょうどしゅう》だった。浅草新堀端の竜宝寺は、天台宗《てんだいしゅう》である。

岡っ引の辰治は小さな橋を渡って、新堀川を越えた。新堀川は水はけをよくするために掘削《くっさく》された掘割なので、その流れはほぼ一直線だった。

橋を渡って右に曲がると、もう竜宝寺の門前町である。

辰治はまず、岡田屋を探した。

門前町の通りの両側に商家が軒《のき》を連ねているが、一軒だけ、表の板戸を閉ざしているところがあった。軒先の掛行灯《かけあんどん》に、

駕籠
かご　おかだや

と書かれている。

戸を閉じているのは、臨時休業しているのであろう。中の様子はまったくわからなかった。

間もなく、お澄の遺体をあんぽつ駕籠に乗せ、両親が付き添って戻ってくるはずである。そのあとは、葬儀《そうぎ》の準備となろう。

今日と明日は、岡田屋は休業に違いない。

続いて、辰治は河内屋を探した。

店先にさまざまな碗、大小の丼、各種の鉢《はち》などが所せましと並べられているので、すぐにわかる。土間には、大きな瓶《かめ》などが置かれていた。

三十代後半の女が片手に持った叩《はた》きで、並んだ陶磁器《とうじき》類をちょんちょんとはたきながら、

「お寄りなさい、ご覧ください」

と、通行人に声をかけている。

実際に埃《ほこり》をはたいているというより、叩きを動かすのは習慣的な動作のようだった。

辰治は女に近づくと、声をかけた。

「お染という娘は、いるか」

「えっ、おまえさんは……」

女の目には警戒の色がある。

辰治は懐の十手を見せた。

「こういう者だ。

お染にちょいと話を聞きたい。べつに、お染に悪事の疑いがかかっているわけではないから、安心しな。

岡田屋のお澄についてだ。お澄と聞けば、もう、わかるだろう」

「へい、お澄ちゃんはとんだことになってしまって。

少々、お待ちください。娘を呼んできますので」

いったん、奥に引っこんだ女が、娘のお染を連れて店に出てきた。

辰治を見て、お染がぺこりと頭をさげた。

年齢はお澄と同じであろう。

だが、お染はお澄にくらべると、はるかに器量は劣《おと》る。お澄のように、男たちにちやほやされ、言い寄られるとは思えなかった。

(だから、お染とお澄は友達だったのかもしれないな)

辰治はお染を見ながら、ふたりが親しかったのが、なんとなくわかる気がした。

お染とお澄であれば、少なくとも男をめぐって張りあうこともなかったろう。

お染は緊張で身を硬くしている。

「お澄とは友達だったそうだな」

「へい」

「お澄は男についても話していたか」

「へい」

「その男の話を聞きたいのだが、ここでは話しにくいというのであれば、ほかでもいいがな」

そう言いながら、辰治は近くに葦簀《よしず》掛《が》けの茶屋があったのを思いだした。茶屋の床几《しょうぎ》に腰をおろして話をするのであれば、煙草盆が出るので煙草が吸える。

だが、四十代の初老の男と二八の娘が茶屋で話をしているのは、いやでも目立つ。

しかも、近所である。お染が嫌がるのはあきらかだった。こみいった話も聞きだせまい。

この際、煙草は我慢せざるをえないであろう。

「そうだな、竜宝寺の境内《けいだい》で話を聞くのは、どうだ。寺の境内なら、人に立ち聞きされることもあるめえ」

「へい、よろしゅうございます」

お染がほっとしたように言った。

やはり、母親がそばにいると、しゃべりにくいようだ。


辰治が振り返ると、かなり間をあけて、お染が伏し目がちについてくる。

まるで、たまたま同じ方向に歩いているかのようだ。人から、連れだって歩いているように見られたくないのであろう。

その後は、辰治は一度も振り返ることなく、竜宝寺の山門をくぐった。

境内に人の姿はなく、静かだった。

辰治の歩みにつれ、数羽の雀《すずめ》が飛びたった。

落ち葉を掃《は》き寄せる、竹箒《たけぼうき》の音だけが、境内にかすかに響いている。

ややあって、お染が目の前に立ち止まった。相変わらず、伏し目がちである。

辰治がさっそく言った。

「お澄が殺されたのは、いつ、どこで知ったのだ」

「昨日の、七ツ（午後四時頃）過ぎだったと思います。あたしが、お三味線《しゃみせん》のお稽古《けいこ》から戻ってすぐでした。近所の人が店に来て、お父っさんに、

『おい、聞いたかい。岡田屋のお澄ちゃんが殺されたらしいぜ』

と言っていました。

それが聞こえたので、あたしはびっくりして、店に出ていったのです。

『岡田屋の旦那と女房が血相変えて、飛びだしていったよ』

『殺されたって……どこで、誰に殺されたんだ』

『そこまでは、まだわからねえがね。なんでも、場所は浅草阿部川町の八百屋らしいぜ』

それを聞いて、あたしはすぐに、お澄ちゃんが言っていた八百屋の二階だなと思いました」

「ほう、お澄はそんなことまで、おめえに話していたのか。よほど、仲がよかったようだな。

すると、トクという男を知っているか」

「はい、お澄ちゃんがよくトクさんのことを話していましたから」

「トクの顔を見たことはあるか」

「いえ、ありません。話で聞いただけです」

「トクの本名と住まいは知っているか」

「いえ、トクさんとしか知りません」

「商売は」

「それも知りません」

辰治はう〜んと、うなりたい気分だった。

お澄は八百屋のお高にも、友人のお染にも、肝心の部分は隠していたのだ。それなりに用心していたのであろう。

同心の鈴木順之助が指摘したように、もっと範囲を絞りこまないと、似顔絵だけではとうてい「トク探し」は無理だった。

「お澄はトクについて、どんなことを話したのだ。なんでもいいから、覚えていることを教えてくれ」

「お澄ちゃんはトクさんに夢中でした。いつだったか、

『あたしはトクさんで初めて、感じることを知ったのだよ。それまでも男とはしたけど、とくに感じることはなかったわ。男はすぐに、感じたかとか、よかったかとか聞いてくるので、適当に感じたふりをしていただけ。ふりだけよ。そうす

ると、男は喜ぶからね。

でも、トクさんとすると、本当によくって、気が遠くなることもあるよ。あれが、いくってことなんだねえ』

と、しみじみ、言っていました」

さすがに、お染は頰を赤らめている。

辰治は思わず、「おめえは、男を知っているのか」と口に出しそうになったが、かろうじて言葉を飲みこんだ。

お染が男を知っているとは思えなかった。

また、だからこそ、お澄はお染に露骨な体験談をしたのかもしれない。なかば自慢、なかばからかいの気持ちもあったのであろう。

そう考えると、お澄がけっこう邪悪な女だったのが想像できる。

「トクはかなりの道楽者のようだな。女の扱いに慣れているのであろう。ほかに、トクについてなにか言ってなかったか。どんなつまらないことでもいいから、教えてくれ」

「そういえばあるとき、お澄ちゃんが、

『トクさんが女の扱いがうまいのは、商売柄かねぇ』

と言って、笑っていました」

「ほう、女の扱いがうまい商売……」

辰治は思い浮かべる。

唇に塗《ぬ》る紅《べに》を売る、紅屋か。

白粉《おしろい》を売る、白粉屋か。

櫛《くし》や笄《こうがい》、簪《かんざし》などを売る小間物屋《こまものや》か。

すべて客は女なので、店の者はみな物腰はやわらかく、言葉も丁寧だった。

ただし、紅屋でもたいてい白粉や髪油《かみあぶら》を売っている。白粉屋でも、たいがい紅や髪油も売っている。小間物屋も普通、紅や白粉も扱う。そう考えると、かなり広い。

だが、範囲がある程度、絞りこめたのはたしかだった。

辰治は興奮を抑え、とぼけて言った。

「わっしの女房は汁粉屋《しるこや》をやっていて、客はほとんど女だ。だが、わっしは女の扱いが苦手なので、こんな因果《いんが》な商売をやっているわけさ。

いろいろと、ありがとうよ。もう、帰っていいぜ」

「そうですか、へい。親分、お澄ちゃんを殺した男を捕らえてくださいね」

お染が一礼して去る。

辰治はお染の後ろ姿を見送りながら、「よっし」と叫びたい気分だった。

沢村伊織の弟子のお喜代が、八百屋の女房のお高の証言にもとづいてトクの似顔絵を描く。その似顔絵を持って、小間物屋などをまわれば、じきにトクの正体は知れよう。

たとえトクが殺害を否認しても、お高に首実検させれば、もう言い逃《のが》れはできない。

トクの似顔絵さえできれば、あとの道筋は見えていた。

すみやかにトクを捕縛《ほばく》するためにも、辰治はお喜代に似顔絵作成を頼まねばならないと思った。

早ければ早いほどよいであろう。お高の記憶も鮮明だからだ。

第二章　腹上死

一

下駄《げた》で小走りをしているので、路地のドブ板がガタガタと響いた。

四十代初めの女で、縞木綿《しまもめん》の袷《あわせ》の着物の上に、綿入半纏《わたいれはんてん》を羽織《はお》っていた。

女が駆けこんだのは、沢村伊織が裏長屋の一室に開いた出張診療所である。

入口の腰高障子《こしだかしょうじ》は開いたままだった。明り採りと同時に、長屋の住人が気軽に顔を出せるようにとの配慮である。

入口から土間に足を踏み入れながら、女が声を張りあげた。

「先生、大変です。すぐ来てくださいな。

おや、大家さん。

大家さんにも知らせにいくところだったのです。

ちょうどよかった。一石二鳥だね」

「なんだ、お関《せき》か。相変わらず、がさつな女だな。

先生と俺が一緒にいると、一石二鳥とはなんだ。先生と俺は、鳥ではないぞ」

上框《あがりかまち》に腰をかけた大家の茂兵衛《もへえ》は、いかにも苦々《にがにが》しそうだった。

いっぽう、患者を診察中の伊織は、飛びこんできた女に目を向ける。

色白だが、下膨《しもぶく》れのした顔で、上唇の上に兎《うさぎ》の毛のような髭《ひげ》が目立つ。

その顔には見覚えがあった。前回、診療所開設の初日にさっそく顔を出した女である。名前は覚えていなかったが、大家がお関と呼んだので、思いだした。

「薬を受け取りにきたのか」

伊織はお関に問いかけながら、前回の診察を思い浮かべる。

年齢のわりに妙に甲高《かんだか》い声で、身体が冷え、あちこちに痛みや痺《しび》れがあると訴えた。

診察を終え、下谷七軒町の家に帰ったあと、伊織はお関のために芍薬《しゃくやく》、甘草《かんぞう》、附子《ぶし》を配合して「芍薬甘草附子湯《しゃくやくかんぞうぶしとう》」を作った。

その芍薬甘草附子湯を、今日、持参していた。

「いえ、はい、いえ、あのぉ、もちろん、薬はいただくのですが。

それより先に、先生に診《み》ていただきたいのですよ」

お関の額に汗が浮き、息も荒い。

伊織は相手がかなり動転しているのを見て、ことさらに落ち着いて問いかける。

「急病人か、それとも怪我人か」

「いえ、あの、旦那が死んじまいましてね。いえ、死んでいると思うのですよ。ですから先生に、旦那が本当に死んでいるかどうかを、確かめていただきたいと思いまして」

「おい、お関、いいかげんなことを言うな。てめえは後家じゃねえか。旦那など、どこにいるんだ」

茂兵衛が怒鳴った。

どことなく、しなびた印象のある、痩《や》せて小柄な男である。それでも大家だけに、店子《たなこ》には強気だった。

お関が言い返す。

「あたしの旦那じゃありませんよ。お近《ちか》の旦那ですよ」

「えっ、娘の旦那か。

とすると、う～ん、これは、ややこしいことになりかねないな。う～ん、これは困った。

てめえ、娘のお近があんな商売をするから、こんなことになるんだぞ。まったく、長屋に面倒を持ちこみやがって」

茂兵衛の顔は、苦虫を潰《つぶ》したようだった。

続いて、ハッと気づいたのか、

「まさか、腹上死ではあるまいな」

と、つぶやいた。

伊織は話の展開に戸惑う。

そんな伊織を見て、茂兵衛が言いわけがましく言った。

「あとで、くわしいことはご説明いたしますが、先生、とりあえずこちらの、お関のところに行ってやっていただけませんか。もちろん、あたくしもご一緒しますので」

「そうですな」

返事をしながら、伊織は目の前の年増女《としまおんな》に視線を戻した。

やはり長屋の住人で、診察の途中だった。

「先生、あたしのことは、あとでいいですよ。先に、お関さんのところへ行ってあげてください」

患者が遠慮する。

いっぽうで、その表情はどことなく意味ありげだった。大家と同様、お関の家の事情を知っているらしい。

お関とは、いわゆる長屋の井戸端会議の仲間なのかもしれなかった。

「そうか、では、申しわけないが、あとまわしにさせてもらう」

伊織は薬箱を手に取り、立ちあがる。

土間の草履《ぞうり》に足をおろしながら、流しで用事をしていた下女のお松《まつ》に言った。

「ちょいと出かけてくる。誰か来たら、待ってもらってくれ」

「へい、かしこまりました」

お松がぺこりと頭をさげた。
十三、四歳で、頬《ほお》が赤い。前垂れをし、襷で着物の袖《そで》をまくり上げていた。
そもそも、伊織が須田町《すだちょう》一丁目の裏長屋で診療をするようになったのは、加賀《かが》屋《や》伝左衛門《でんざえもん》と知り合ったのがきっかけだった。

本石町《ほんこくちょう》二丁目にある加賀屋は、酒・油屋と両替商を営《いとな》んでいる。

加賀屋の主人である伝左衛門はかねてより、世のため人のためになることをしたいと念願していた。その一環として、加賀屋が所有する須田町一丁目の裏長屋の一室を利用して、住人用の無料診療所を開設することを考えた。

伝左衛門はたまたま伊織と知りあい、長崎の鳴滝塾《なるたきじゅく》でシーボルトに師事《しじ》していた経歴などを確かめたうえで、長屋の診療所に出張することを依頼した。

条件は、

長屋の住人の診察・治療費や薬代は、すべて無料とする。

加賀屋が伊織に報酬《ほうしゅう》を支払い、長屋の一室は無料で提供する。

出張は「一の日」、つまり一日、十一日、二十一日の月に三回で、時間は原則として四ツ（午前十時頃）から八ツ（午後二時頃）まで。

出張の日、加賀屋から下女や下男を派遣して、昼食は用意させるし、雑用もさせる。


というものだった。

まず第一回の出張診療を実施し、このとき、お関が訪れた。

そして今日が、二回目だったのだ。

入口の上框に、まるで受付係のように茂兵衛が座っていたのは、「長屋の住人は無料」をうたっているだけに、大家の存在が必要だったからだ。

診察や治療を受けにくる人間が長屋の住人かどうか、やはり当面のあいだは確認しなければならなかった。

二

お関が先に立ち、沢村伊織と大家の茂兵衛が続く。

路地の両側には平屋の長屋が続いているが、途中、ちょっとした広場があり、共同井戸と総後架《そうこうか》、それにゴミ捨て場がもうけられていた。

広場を過ぎると、ふたたび路地の両側に長屋が続いているが、二階長屋だった。

路地に数人が集まり、なにやら話をしていたが、お関を見るや、みな口をつぐんでしまった。変事が出来《しゅったい》したのに気づき、噂《うわさ》をしていたに違いない。

「ここです」

お関がぴたりと閉じられた腰高障子を示した。

腰高障子には達筆で、

常磐津千佳文字

と書かれていた。

文字のそばには三味線《しゃみせん》の絵があり、かなり目立つ。師匠の名は常磐津千佳文字《ちかもじ》というわけである。

初めて目にした人は、浄瑠璃《じょうるり》の常磐津《ときわづ》の稽古所《けいこじょ》と思うであろう。

お関が腰高障子を開け、伊織と茂兵衛に入るよう、うながした。

最後に自分も入ると、急いで後ろ手に腰高障子を閉じてしまった。近所の人々の好奇の視線を避けるためであろう。

長屋の基本的な構造は、どこも同じである。土間の右手にはへっついがあり、左手には流しがあった。

土間をあがると八畳ほどの部屋で、部屋の左に、二階に通じる急勾配《きゅうこうばい》の階段がある。

部屋の隅《すみ》に長火鉢《ながひばち》が置かれ、そばに女が座っていた。

長火鉢の猫板《ねこいた》の上に、竹の葉が広げられ、海苔巻《のりまき》や玉子巻など寿司《すし》がいくつかのっている。いかにも食べかけらしい。屋台の寿司屋で買ったのだろうか。

猫板には、徳利《とっくり》と猪口《ちょこ》ものっていた。

背後の壁に、袋に包んだ三味線が二丁、掛かっている。

お関がなじった。

「なんだ、お近。おめえ、旦那のそばにいてやらなけりゃ、駄目じゃねえか」

「そんなこと言ったって、おっ母さん、あたしは二階にひとりでいるのはいやだよ。だから、おりてきたのさ」

お近と呼ばれた女が言い返す。

縞縮緬《しまちりめん》の着物を、だらしなく着ていた。髪は島田《しまだ》に結《ゆ》っている。

年齢は二十歳前後だろうか。整った顔立ちなのはもちろんだが、目元にどことなく潤《うるお》いがあり、わずかに開いた唇になんとも言えない色気があった。

「二階だな」

茂兵衛が急《せ》かした。

お関がうなずく。

「へい、では。

お近、おめえも行くんだよ」

「あたしは、いやだよ。おっ母さんが案内しておくれな」

「なにを、勝手なことを言っているんだい。さあ、立って、きりきりと行きな」

母親に叱《しか》られ、お近がいかにも渋々、立ちあがった。

急勾配の階段を、お関、お近、茂兵衛、伊織の順でのぼる。


二階の部屋には布団が敷かれ、そこに長襦袢《ながじゅばん》をまとっただけの男が、仰向《あおむ》けに寝かされていた。

布団の端《はし》に箱枕がひとつ置かれ、もうひとつは畳の上にひっくり返っている。

枕元には煙草盆《たばこぼん》と、茶碗《ちゃわん》がふたつ、置かれていた。さらに、くしゃくしゃになった紙が落ちていた。

そばの衝立《ついたて》に、男物の着物や羽織、帯が掛かっている。

すべての情景が、性行為のあとを示していた。

伊織は男のそばに座り、まず手首の脈を確かめた。さらに、瞳孔《どうこう》を調べる。

男が死んでいるのはあきらかだった。

伊織が死亡の状況を問おうとしたとき、茂兵衛がお近に言った。

「そもそも、この男は誰なのだ。長屋の路地で、見かけたような気がするが」

「星野屋《ほしのや》という紙問屋の番頭で、新兵衛《しんべえ》さんというお方です」

お近に代わって、母親のお関が答えた。

茂兵衛が目を怒らせ、お近に言った。

「俺は、おめえに尋ねているんだ。ちゃんと答えろ」

不貞腐《ふてくさ》れたように、お近は黙っている。

伊織は薬箱から虫眼鏡《むしめがね》を取りだし、

「まず、全身をあらためましょうかな」

と、検死をはじめた。

年齢は四十前後であろう。顔はややどす黒く変色し、苦悶《くもん》にゆがんでいた。おだやかな死に顔とはとうてい言えない。

まず唇や口の中を調べたが、吐《は》いた様子はなかった。毒物が使用された形跡はない。頭部に殴打《おうだ》を受けた痕《あと》はなかった。首筋に絞殺《こうさつ》の痕跡《こんせき》もない。

長襦袢をめくり、腹部や背中も調べたが、とくに刃物による傷や、打撲《だぼく》による内出血はなかった。

股間《こかん》に垂れた陰茎も確認する。

虫眼鏡で拡大すると、亀頭に紙の繊維《せんい》が付着《ふちゃく》しているのがわかった。布団のそばに丸めて捨てられていた紙と照らしあわせると、精液をぬぐった跡と思われる。

「とくに傷などは見あたらないので、いわゆる頓死《とんし》と思われます。心臓が突然、止まる症状です。

死んだときの様子を聞かせてくれ」

伊織がお近に言った。

さきほど大家に叱責《しっせき》されたからか、お近がようやく口を開いた。

「あのあと、しばらくして、急に胸が苦しいと言いだしまして。ものすごい形相《ぎょうそう》で、胸を手で押さえて苦しがっていたかと思うと、そのままばたりと。

あたしは、ただおろおろするだけで、なにがなんだかわかりませんでした」

「『あのあと』とは、房事《ぼうじ》のあとという意味か」

「え、ぼうじ？」

「男と女のすることだ」

だが、伊織の説明では焦《じ》れったいのか、横から茂兵衛が言った。

「房事は『とぼす』ことだ。そう言えば、わかるだろう」

「へい、わかります」

「おめえ、とぼしたあとに旦那が死んだように言ったが、本当は、とぼしている最中に、おめえの腹の上で死んだのではないのか」

「いえ、終わって、しばらくしてからです」

さすがに、お近の顔が赤くなった。

伊織が説明する。

「俗に腹上死といい、房事の最中に、男が女に重なったままぽっくり死ぬと思われているようです。しかし、実際には、房事を終えてしばらくしたあと、心臓が急に苦しくなり、急死する例が多いのです」

「ほう、女の腹の上からおりたあとに死んでも、腹上死というのですか。しかし、新兵衛さんのへのこは小さくしぼんでいましたぞ。腹上死の場合、へのこは死後も固く立ったままと聞いておりますが」

茂兵衛が大真面目で疑問を呈す。

伊織は吹きだしそうになったが、ようやく笑いをこらえた。まさか、こんな場面で笑うわけにはいかない。

脳裏《のうり》に、『無冤録述《むえんろくじゅつ》』の記述が浮かぶ。

男子作過死《さくかし》
男子房事が太《はなは》だ多く過ぐれば、精気が耗尽脱《むなしくつきぬ》けて婦人の身の上で死ぬるものあり。これにも偽《にせ》てこしらひものがあることもあるべし。真《まこと》にそれなれば死んで後までも陰茎がきつと怒《お》長《え》て居《い》るものなり。にせ物は痿《なえ》てあるなり。

つまり、腹上死をした男の陰茎は、死後も勃起したまま、と断言しているのだ。

『無冤録述』は、およそ六十年前の明和《めいわ》五年（一七六八）、わが国で刊行された書物で、町奉行所の役人の検死の手引書である。

しかし、『無冤録述』の内容は、中国の南宋《なんそう》末に刊行された検死の手引書『洗冤録《せんえんろく》』の引き写しだった。つまり、『無冤録述』の内容は、およそ六百年前の中国の医学知識であり、迷信や誤解も多かった。

もちろん、町奉行所の役人のなかには、『無冤録述』の知見を心もとなく感じている者もいた。そこで、役人が変死体の検使をする際、最新の西洋医術の知識を身につけた伊織が、非公式ではあったが、検死を依頼されるようになったのである。

ともあれ、『無冤録述』の記述の一部は世間に流布《るふ》し、俗信にまでなっていると言えよう。

「腹上死した男の陰茎は勃起したままというのは、俗説にすぎません。死亡すれば心臓が停止し、血流が止まるので、たとえ勃起していた陰茎もすぐに萎《な》えてしまいます」

伊織が丁寧《ていねい》に説明した。

茂兵衛もようやく納得したのか、

「そうでしたか。あたくしも、眉唾《まゆつば》ではなかろうかと思いつつも、信じておりました。

おい、先生のところへ駆けこんでくるまでの出来事を、ちゃんと最初から話せ」

と、今度は矛先《ほこさき》をお関に向けた。

お関がちらと娘のほうを見たあと、話しはじめた。

「新兵衛さんが来たのは、九ツ（正午頃）の鐘《かね》が鳴る、ちょいと前でした。手《て》土産《みやげ》に寿司を持ってきてくれましてね。いつも、なにか手土産を持ってきてくれていました。

酒を呑《の》み、寿司を食べたあと、新兵衛さんはお近と一緒に二階にあがったのですがね。

もちろん、あたしは二階には行きません。長火鉢のそばで、寿司をつまんだり、徳利に残った酒を呑んだりしていました。そのうち、眠たくなってきて、あたしはこっくり、こっくり、居眠りしていたのですがね。

突然、二階でお近が叫びました。

『おっ母さん、来ておくれ、おっ母さん、大変だよ』

それで、あたしもハッと目を覚ましたわけです。

びっくりして二階に行ってみると、新兵衛さんが倒れていました。

『いったい、どうしたんだい』

『あたしも、わからないんだよ。急に苦しみだしたかと思ったら、倒れてしまって』

お近はおろおろし、泣き声になっています。

あたしは、ともかく介抱《かいほう》しようとしたのですが、息もしていない様子だし、脈もないようです。もう、どうしたらよいのかわかりませんでね。

『ともかく、大家さんに知らせようか』

『おっ母さん、今日は長屋に、お医者が来る日じゃなかったかい』

『あっ、そうだったね。では、先生に来てもらおう』

と、こういうわけだったのですよ」

「なるほど、おめえが血相変えて走ってきたのも無理はないな」

「それで、遺体はどうしたらいいでしょうか」

「星野屋とやらに知らせ、引き取ってもらうしかあるまいよ。

そんなことより、自身番に知らせなければなるまいな。病死ではなく、変死だからな。

待てよ、そうすると、町奉行所のお役人の検使があるかもしれないぞ。これは、面倒なことになるな」

茂兵衛が渋面《じゅうめん》を作った。

お関も負けずに顔をしかめる。

「すると、いつまでここに置いておかねばならないのですか。早いとこ、運びだしてほしいのですがね」

「お役人の検使を受けるまでは、このままだ。勝手に動かすんじゃねえぞ」

「でもね、お近のほかの旦那が来るんですよ。これじゃあ、困ります」

「つべこべ言うな。

もし旦那が来たら、

『二階には死体がありますから、今日は一階で』

と言えばいいだろう。

旦那とお近がとぼしているあいだは、おめえは湯屋にでも行くことだ。のんびり湯につかるがよかろう」

茂兵衛が冷たく言い放つ。

面倒を引き起こしたことに対する、鬱憤《うっぷん》晴《ば》らしの面もあるようだ。

伊織はそばで聞きながら、お関とお近にやや同情を覚えたが、変死である以上、自身番に届けざるをえないであろうと思った。

また、役人の検使を願うかどうかは、町役人の判断次第であろう。

（腹上死なのは、はっきりしているので、役人も検使まではしないかもしれないな）

これまでの町奉行所の同心との付き合いから、伊織は役人がけっこう検使を面倒がっているのを知っていた。

殺人の疑いがないかぎり、行き倒れ人として処理することが多い。つまり、町内に死体の後始末を押しつけるのだ。

「俺と先生はひとまず引きあげるが、死体はこのままにしておけよ」

茂兵衛が、お関とお近に念を押した。

とりあえず伊織は診療所に戻り、茂兵衛は自身番に知らせにいく。

三

診療所は長屋の一室なので、入口を入ると小さな土間になっていて、右手にへっついがあった。左手には流しがあり、そばに水瓶《みずかめ》がある。

土間をあがると、八畳の部屋だった。この八畳間が診察室であり、待合室でもあった。

「薬は一日分ずつ、小分けにして紙に包んでいる。これが一日分だ、わかるな」

沢村伊織は、年増《としま》の女に薬を渡した。

「へい、ありがとうございます」

「ただし、そのままでは飲めぬ。煎《せん》じなければならない。

薬を煎じたことはあるか」

「人がやっているのは見たことがありますが、自分で煎じたことはありません」

「では、説明しよう。

土瓶《どびん》に一日分の薬と、水三合を入れ、弱火にかける」

「へい、弱火ですね。強火は駄目ですか」

「弱火で、ゆっくり煮出すことが大事でな。

水が半分くらいに煮詰まったら、火からおろす。あまり長いあいだ煎じると、薬が効かなくなることがあるので、煎じすぎないようにな。

目安は、湯が半分くらいに煮詰まったころだ」

「へい、わかりました」

「火から土瓶をおろすと、すぐに晒《さら》し木綿で濾《こ》す」

「どうやるんですか」

「晒し木綿を茶碗などの口にかぶせ、上から土瓶の中身をゆっくり、そそげばよい。そうすれば、茶碗の中に、一日分の飲み薬が溜《た》まる。

それを、そうだな、一日に三回に分けて飲むとよかろう。

次の日は、また一日分の薬を煎じて、三回に分けて飲む。よいな」

「へい、わかりました。

ところで、先生、うちには晒し木綿といえば、亭主のふんどしくらいしかありませんが」

「ふんどしでもかまわんぞ。ただし、煎じ薬の色と臭いがついて、ふんどしとしては、使い物になるまい」

伊織は笑いを嚙《か》み殺す。

女が困りきっているのを見て、言葉を続けた。

「古い手ぬぐいでもよい。それなら、さほど惜《お》しくはなかろう」

「へい、では、そうします。あとは、雑巾《ぞうきん》にすればいいですからね。ありがとうございました」

女が挨拶《あいさつ》をして引きあげるのと入れ違いに、人家の茂兵衛が現われた。

もともと小柄で瘦せた身体が、いっそう縮《ちぢ》んだように見える。

伊織の前に座り、茂兵衛はまずは大きなため息をついた。続いて、堰《せき》を切ったように話しはじめた。

「須田町の自身番に行き、長屋で死人が出たことを知らせてきました。

明日の朝、お奉行所の定町廻り同心が自身番に巡回に来ます。そのとき、自身番に詰めている町役人が、変死人のことをお知らせするでしょうな。それから、あらためて検使になるかどうか。

お役人が、

『腹上死とわかっているのなら、検使をするまでもない。町内で適当に始末せよ』

と言ってくれれば、よいのですが。

とはいっても、それはそれで、大変ですけどね。すべて、大家の責任になるのですから、たまったものじゃありません。長屋の大家など、割に合わない商売ですよ。

あとで、町役人も死体を見にくるそうですがね。

ともかく、明日の朝までは、死体はあのままにしておかねばなりません。まあ、お関とお近も、気の毒と言えば気の毒ですがね。

そうそう、星野屋にも、番頭さんが頓死したことを知らせなければなりませんな。これは、お関にやってもらいましょう。星野屋の場所も知っているでしょうから」

言い終えて、茂兵衛がまた、ため息をついた。

下女のお松が茶と煙草盆を出す。

茂兵衛が煙管《きせる》の雁首《がんくび》に煙草を詰めるのを見て、伊織が話題を変える。

「ところで、さきほど、『あとで、くわしいことはご説明いたしますが』ということでしたが」

「ああ、そうでした。つい愚痴《ぐち》をこぼしてしまい、申しわけありません。先生に、お近の商売についてお話ししようと思っていたのです。そのつもりだったのですが、つい」

伊織も、お近の商売はほぼ察しがついていたが、相手の説明を待つ。

茂兵衛は茶を飲んだあと、語りだした。

「お近は孝行娘として評判でしてね。長屋のかみさん連中は、

『お関さんは、娘が親孝行なのでいいね』

と、みな、羨《うらや》ましがっているほどです」

「ほう、評判の孝行娘なのですか」

「はい、なにせ、亭主に死なれたお関を、娘のお近が養っているわけですからな。しかも、お関は長屋のほかの連中にくらべると毎日、贅沢《ぜいたく》な物を食っていて、安楽な暮らしですぞ」

茂兵衛の口ぶりは、やや忌々《いまいま》しそうだった。

伊織は、長火鉢の猫板に置かれていた寿司や徳利を思いだした。残り物とはいえ、お関は昼間から酒を呑んでいたわけである。

「先生もお察しだとは思いますが、お近の商売は妾《めかけ》です。妾は囲者《かこいもの》とも言いますがね。

妾にもピンからキリまであるようでして。

いちばん上等なのは、吉原《よしわら》の花魁《おいらん》を身請《みう》けして妾にし、一軒家を借りて、そこに囲《かこ》う形でしょうな。

女中や下女もつけてやるので、妾は家事や雑用はいっさいしなくて済みます。仕事は、ときおり訪ねてくる旦那とともし、悦《よろこ》ばせればいいわけですな。

ただし、元花魁ほどの女を囲うには、金もかかります。旦那は月に二、三十両は覚悟しなければなりますまい。こんなことができるのは、かなりの大店《おおだな》の主人くらいでしょうね。

そのほかにも、裏長屋の一室を借りて、そこに囲うなど、それこそ多種多様な妾がいますが、最も安あがりなのが『安囲《やすがこ》い』という方式でしてね」

「ほう、安囲いですか。私は初めて聞きます」

「下世話《げせわ》な話ですから、先生がご存じなくても無理はありません。安囲いは、数人の男で、ひとりの女を共同で妾にする方式です。家を借りてやる必要はありませんし、給金も数人で分割するので、安くあがるというわけです。それでいて、男は旦那気分を味わえるわけですから」

「仕組みが、よくわからないのですが」

「お近の例でご説明しましょう。

あの女には、五人の旦那がいるようです。それぞれ、お近のところに通ってくるわけですが、かちあわないよう、日をずらしていましてね。旦那によって一の日、三の日、五の日、七の日、九の日と決まっているのです。

そのため、五人の旦那はそれぞれ月に三回、やってきます。

お近からすれば月に十五回、男とともしさえすれば、母親を養っていけるだけの実入りがあるというわけですな。

長屋のかみさん連中が羨ましがるのも、わかります。一か月に十五回、男に股座《またぐら》を開きさえすれば、親子ふたりが、まわりが羨むような生活ができるわけですからね。

また、お近にしてみても、家事は全部、母親のお関がやってくれ、自分は旦那ととぼすだけでいいのですから、安楽なものですよ。たまに三味線を弾《ひ》いて、常磐津の師匠を気取っていますがね。

そんなわけで、お近は安囲いの妾稼業をしていたのです。

今日は一の日だったので、星野屋の番頭の新兵衛さんの番だったというわけですな。あいにく、あんなことになりましたが」

「ふうむ、なかなか、うまい仕組みですな。しかし、旦那を集めるのが大変だと思いますが。都合よく日を分けて、よく五人も旦那が集まりましたな」

「先生、そこは、世の中はよくできていましてね。口入屋《くちいれや》では、妾の斡旋《あっせん》もするのですよ」

「え、そうなのですか。口入屋は、商家や武家屋敷の奉公人を紹介するとばかり思っていましたが」

「なんの、なんの、妾の斡旋も口入屋の大きな儲《もう》け仕事なのです。女にとって、妾稼業は、女中奉公や下女奉公よりはるかに楽で、しかもはるかに金が稼げますからね。妾になりたい女は多いですぞ。もちろん、十人並み以上の器量が必要でしょうがね。

妾になりたい女は、口入屋に登録しておくのです。自分の希望として、

『大きな商家のご隠居で、物わかりがよく、気前のいい人』

などと、虫のいいことを言いましてね。

けっこう、隠居を好む女が多いようですぞ。年寄りだと、ほとんど萎え魔羅《まら》同然の男もいますからね。そうすると、添い寝をするだけでいいので、妾は楽をできるというわけです。

いっぽう、妾を囲いたい男は口入屋へ行き、適当な女を探すわけですな。

『できれば、十八歳以下で、すれてない女がよいのだが』

というわけです。

男のほうも、虫のいいことを望むわけです。

両者の希望が合えば、口入屋が立ちあって期間と給金を取り決め、きちんと証文も取り交わすというわけです。証文を取り交わすのですから、妾は女の商売ですぞ。

新兵衛さんが死んで、一の日が空きましたからな。死体がなくなれば、お近はさっそく口入屋に行って、

『ひとり、空きができましてね。一の日だけなのですが』

と、斡旋を頼みますよ。一の日の次の旦那は、すぐに決まるでしょうな」

「ほう、そうなのですか」

伊織はやや毒気を抜かれた気分だった。

やはり裏長屋だからこそ、わかる事情なのかもしれない。

八ツ（午後二時頃）の鐘が鳴ってから、すでにかなり経っている。

あらたな患者もいないことから、伊織は今日のところは、引きあげることにした。

茂兵衛はお関のところに行き、星野屋への知らせについて、打ち合わせをするようだ。

四

須田町の長屋で新兵衛の検死をした、その翌日である。

「先生、ちょいと、ようござんすかね」

そう言いながら、岡っ引の辰治がぬっと入口の土間に入ってきた。

ちょうど、助太郎《すけたろう》の手習いも、お喜代への『解体新書《かいたいしんしょ》』の講義も終わったところだった。

最近では辰治も心得ていて、下谷七軒町にある沢村伊織の家に来るに際しては、時刻を見はからっているようだ。

「ああ、かまいませんぞ。あがってくだされ」

伊織が勧める。

いっぽう、助太郎とお喜代は期待で目が輝いていた。辰治が伊織のところに来るのは、なにか事件が起きたに決まっているからだ。

ただし、助太郎はなんとも無念そうだった。

というのも、今日は手習いが終わりしだい家に戻るよう、父親に厳命されていたからだ。なにか重要な用事があるらしい。

伊織が検死に出向くときは、助太郎が薬箱をかついで供をするのが習慣になっていた。本人もそれが楽しみなのだが、今日ばっかりは、辰治の登場を知っただけで帰らねばならない。

助太郎はなんとも未練がましい顔で振り返りながら、帰っていく。

辰治は助太郎が帰るのを見て、お喜代に念を押した。

「おめえさんは、まだいいかね。ちょいと、用があるんだがね」

「はい、かまいませんよ」

お喜代はあっさり承諾する。

後家のお喜代は枕絵師をこころざしていて、春画《しゅんが》を描くために『解体新書』を学びに来ていた。

春画に特有な誇張《こちょう》や諧謔《かいぎゃく》を排し、写実的な絵を描きたいというのが、その目的だった。

ところが、いったん伊織の検死に同行してからは、その後は検使の同心から同行を要請されるまでになっていた。

その理由は、お喜代の画才である。

いっぽう、伊織はすでに下女のお末《すえ》から、昨日、同心の鈴木順之助の中間《ちゅうげん》の金蔵が来たことを聞かされていたので、辰治の来訪はそれに関することだと察しをつけていた。

「親分、昨日は出かけていて、申しわけなかった」

「いいえ、お留守だったのではしかたがありません。

じつは、浅草阿部川町の八百屋の二階で女が殺されましてね。鈴木の旦那とわっしが検使に行ったのですよ。検使は終わり、死体はすでに親が引き取りましたよ。

それはそうと、先生は新しく出張診療所を作ったのですかい」

「そんなおおげさなことではないのですが」

伊織が、須田町一丁目の裏長屋に診療所ができたいきさつを、かいつまんで話した。

「ほう、そうでしたか。では、一の日は、先生は須田町一丁目の長屋ということになりやすね。覚えておきやしょう。

さて、用事というのは、ほかでもない、昨日の件ですがね」

辰治は、お澄が殺された件をくわしく説明した。

その後、伊織とお喜代を等分に見ながら、言う。

「お澄を殺したのは、トクという野郎に違いないのですが、トクという以外、なにもわからないのですよ。

お澄は八百屋の女房のお高や、友達のお染に、のろけ話はしていたようですが、肝心なところは秘めていましてね。それなりに、用心していたのかもしれません。

そこで、似顔絵です。

お喜代さん、トクの似顔絵を描いてくださいな」

「はい、でも、お澄さんは亡くなっているのですよね」

「へい、ですから、女房のお高から聞き取り、トクの顔を描いてくだせえ。亭主の八兵衛や下女も、トクの顔は見ているはずです。ふたりの聞き取りも参考になるでしょうな。

これは、鈴木の旦那の頼みでもありやしてね。

前回の池之端仲町《いけのはたなかちょう》の事件で、鈴木の旦那は似顔絵の威力に感心したようですぜ。とくに今回の殺しでは、トクの召し捕りは似顔絵が決め手になると考えているようです」

「はい、あたしでお役に立てるのなら、喜んでお引き受けします。

で、いつにしましょうか」

「できれば、これから。わっしがご案内します」

伊織はそばで聞きながら、自分も一緒に行ったほうがよいだろうかと思った。

しかし、お喜代には丁稚《でっち》の平助《へいすけ》が供をしている。それに、検死もすでに終わっていた。

自分が同行するまでもないと、伊織は判断した。

「そうそう、大事なことを忘れていた。八百屋に行く前に、先生、これを見てくださいな」

辰治が懐《ふところ》から懐紙《かいし》の包みを取りだし、広げる。

広げた紙には、一本の陰毛がのっていた。

「お澄の臍下三寸《へそしたさんすん》あたりにくっついていたのですがね。トクの陰毛ですな」

「お澄の陰毛かもしれませんぞ」

「いや、それはありやせん。お澄の毛はまだ生《は》え初《そ》めしという、若草でしたよ。お喜代さん、おめえさん、十六歳のころ、これくらい生えてましたかい」

辰治が大真面目に質問した。

あまりにあからさまなので、かえって猥褻感《わいせつかん》はない。

「よく覚えていませんが、十六歳のころだと、親分の言うように、若草だったかもしれませんね」

お喜代はちょっと頬を染めたが、生真面目に答える。

満足そうにうなずいたあと、辰治が言った。

「この毛を、先生に調べてもらいたいのですよ。鈴木の旦那が言うには、先生は顕微鏡という、南蛮渡来《なんばんとらい》のからくりを持っているとか」

「はい、たしかに顕微鏡は持っていますが。鈴木さまは、なにを知りたいのでしょうか」

「人の顔がそれぞれ異なるように、陰毛にも人それぞれの特徴があるのではないか、ということでしょうな。

鈴木の旦那が考えているのは、次のような手順です。

まず、お喜代さんの描いた似顔絵で、トクらしき男を見つける。次に、その男に陰毛を抜かせ、顕微鏡で調べる。

そして、陰毛の特徴が一致すれば、その男がトクということになりやすね。もう、言い逃《のが》れはできやせん」

「ほほう、なるほど」

伊織は嘆声《たんせい》を発した。

想像もしなかった捜査手法である。

あらためて、鈴木の発想の奇抜さに驚く。

同時に、自分でも俄然《がぜん》、興味が湧いてきた。顕微鏡が犯罪の捜査に役立つなど、画期的ではあるまいか。

「では、顕微鏡を持ってきましょう」

勢いよく立ちあがると、伊織は二階に向かった。

伊織が所持する顕微鏡は、ヨーロッパ製の顕微鏡を手本にして、大坂の職人が製作したものだった。筒《つつ》は木製で、倍率も四十倍程度でしかない。

長崎の鳴滝塾で伊織が使わせてもらったシーボルトの顕微鏡は、倍率は七十倍以上だった。

伊織の顕微鏡は、ヨーロッパの最新型にくらべると性能はかなり劣《おと》る。それでも、虫眼鏡よりは、小さな物をはるかに拡大して観察できる。

「明かりが必要でしてね」

そう言いながら、伊織は顕微鏡を外光が射しこむ上框のそばに置いた。

辰治とお喜代が、興味津々の様子でそばに寄る。とくに、お喜代の目は輝いていた。

ふと気づいて、伊織が辰治に言った。

「トクの陰毛だけを調べても、意味がありませんぞ」

「へ、どういうことですかい」

「ほかの男の陰毛とくらべて、違いがあるかどうかを調べなければなりません」

「なるほど、たしかにそうですな」

「私も一本、提供するので、親分も一本、抜いてください」

「へい、臍下三寸の毛の一本ぐらい、ようがすがね。

そうだ、ついでに、お喜代さん、おめえさんも一本、抜いてくだせえな」

辰治がぬけぬけと言った。

しかし、冗談でも、からかいでもないようだ。辰治なりに、本気で比較の精密さを求めているらしい。

お喜代が伊織を見た。

その強い視線から、師匠が命じれば、自分もためらわずに陰毛を抜く覚悟なのがわかる。

伊織は一瞬、迷った。

個人的には興味があったが、これはあくまで捜査のためである。

「う〜ん、今回は男女差を調べるわけではないからな。私と親分の陰毛があれば、それで充分であろう。そなたの物は必要なかろう」

言い終えると、伊織は股のあいだに手を突っこんで、陰毛を一本、引き抜いた。

同じように、辰治も股のあいだに片手を突っこもうとしたが、着物を尻《しり》っ端折《ぱしょ》りして股引《ももひき》を穿《は》いているため、もぞもぞしている。

さすがに、お喜代は目を逸《そ》らしていた。

それぞれ、抜いた陰毛を懐紙の上に並べる。

「では、こちら側から、トク、私、親分の陰毛です」

そう言いながら伊織は、鑷子《せっし》と呼ばれるピンセットでトクの陰毛をつかみ、雲母《うんも》製《せい》のプレパラートの上に乗せた。

続いて、鑷子でつかんで自分と辰治の陰毛を、間隔《かんかく》をあけて、プレパラートの上に並べる。その後、プレパラートを、顕微鏡の対物レンズの下に設置した。

そして、接眼レンズに片眼をあてながら、筒を上下させて焦点《しょうてん》を合わせた。次に、プレパラートの下に設置された鏡の角度を変え、反射光を集める。

準備を終え、伊織は接眼レンズに片眼をあてた。

「ほほう。

以前、私は毛髪を顕微鏡で観察したことがあります。毛髪にくらべると、陰毛はやや平たいようです。また、陰毛のほうが先端が鋭く尖《とが》っているようです。そのように、毛髪と陰毛の違いはありますが……。

しかし、三人の陰毛に顕著《けんちょ》な違いはありませんぞ。つまり、三人を区別できません。

ご覧なさい」

接眼レンズから目を離した伊織が、辰治にうながす。

辰治がさっそく目を押しあて、

「ふ～む、ふ～む」

と、うなりながら、ながめている。

だが、目を離したあと、あっさり言った。

「たしかに、トクと先生とわっしの毛の違いなんぞ、わかりゃしませんな。鈴木の旦那も、顕微鏡を買いかぶりですぜ。

ともかく、おめえさんも、見てみなせえ」

辰治がお喜代に場所を譲《ゆず》る。

うずうずしていたお喜代に、ようやく順番がまわってきた。

じっくり観察したあと、お喜代は接眼レンズから目を離し、遠慮がちに言った。

「あのぉ、先生と親分の毛には根元になにかくっついていますが、トクさんの毛にはありません。この違いはなんでしょうか」

「えっ」

伊織は驚き、あらためて三人の陰毛を観察した。

たしかに、お喜代の指摘のとおりである。

「あれは、毛根《もうこん》と言います。トクの陰毛はこすれて、自然に抜けたので、毛根がないのです。

ところが、私と親分の陰毛は指で無理やりに引き抜いたので、毛根が付着したままなのです。

これは、毛髪でも同じです。自然に抜け落ちた毛髪には毛根がありませんが、無理に引き抜いた毛髪には毛根がついています」

説明しながら、伊織はお喜代の観察眼の鋭さに感心した。やはり、絵師の眼力なのだろうか。

「ともかく、陰毛がトクを特定するには役に立たない、ということがわかったわけですな。鈴木の旦那には、わっしから伝えておきます。きっと、がっかりするでしょうな。

さて、お喜代さん、案内しますぜ」

辰治とお喜代、平助の三人が連れだって出かける。

三人を見送ったあと、伊織は往診している患者の薬を作ることにした。

第三章　写　生

一

沢村伊織が須田町一丁目の診療所に出向くと、待ちかねたように大家の茂兵衛がやってきた。

「先生、よろしいですかな」

「はい、まだ患者はいないので、かまいませんぞ」

あがりこんできた茂兵衛の前に、加賀屋から派遣された下女のお松がさっそく茶と煙草盆《たばこぼん》を置く。

下女と下男は、伊織が現われる四ツ（午前十時頃）よりかなり以前に来て、台所のへっついに火を熾《おこ》したり、井戸から水を汲《く》んできて水瓶《みずがめ》に入れたりしていたのだ。

「先生、次の『一の日』を待ちわびましたぞ」

「腹上死した、お近の旦那の新兵衛どのの件ですか」

「そうです、そうです。

いやはや、ややこしいことになりましてね」

茂兵衛はため息をついた。

煙草盆の火で煙管《きせる》の煙草に火をつけたあと、しゃべりはじめる。

「先日、先生がお帰りになったあとのことです。

亡くなった新兵衛さんは、星野屋という紙問屋の番頭ということでした。なにはともあれ、星野屋に知らせなければなりません。

外出した新兵衛さんがいつまでも帰ってこないと、星野屋でも心配するはずですからね。

そこで、あたくしは、お袋のお関に言ったのです。

『星野屋に、番頭の新兵衛さんが頓死《とんし》したことを知らせにいけ』

『え、あたしがですか。でも、あたしは星野屋に行ったことがありませんでね』

『場所は聞いているだろう。どこだ』

『たしか、紺屋町《こんやちょう》とか言っていました』

『紺屋町なら、さほど遠くない。紺屋町に行き、星野屋という紙問屋はどこかと、人に尋ねればよかろう』

『でもねえ、星野屋に行って、どう言えばいいのですか。あたしは口下手ですから』

『それだけしゃべれたら、口下手ではない。さっさと行け』

『あたしのような読み書きもできない人間は、まともな挨拶《あいさつ》もできませんからね。大家さんは読み書きができ、弁《べん》が立つのですから、代わりに行ってくださいな』

『馬鹿、なにを子どもみたいなことを言っているんだ。俺が行くいわれはない。ただでさえ、自身番に行ったりなんだりと、俺はいろいろ厄介事を引き受けているのだ。さっさと星野屋へ行ってこい』

『このところ、腰が痛くて、紺屋町まで歩くのはねえ。娘に行ってもらいましょうか』

『おい、お近はいわば張本人だぞ。お近に星野屋に行かせるわけにはいくまい。やはり、お袋のてめえが行くべきだ』

と、まあ、こんな具合でしてね。

ぐずぐずと言いわけを並べたて、お関はいっこうに腰をあげないのですよ」

「まあ、行きにくいのはたしかでしょうがね」

「あたくしも怒り心頭《しんとう》に発しまして、ついに叱《しか》りつけましたよ。

『星野屋に引き取ってもらわないかぎり、死体はあのままだぞ。大家の俺はいっさい、手伝わないからな。てめえが葬式を出すつもりか』

こう言うと、さすがに、お関も星野屋に掛けあわないかぎり、死体がなくならないのがわかったようでしてね。

恨めしそうな目であたくしを見ながら、紺屋町に出かけていきましたよ。あたくしは恨まれる筋合いではないのですがね」

「で、星野屋から人が来たのですか」

「いいえ、かえってわからなくなってきたと言いましょうか、こじれてきたと言いましょうか。

もう日が暮れてから、お関がようやく戻ってきましてね。半泣きの顔で、あたくしに言うのです。

『大家さん、紺屋町に星野屋なんぞという紙問屋はありませんでした』

あたくしもびっくりしましてね。思わず、

『てめえ、本当に紺屋町に行ったのか。うろうろして、けっきょく、探しあてられなかったのじゃないのか』

と、問いつめてしまいましたよ。

紺屋町は一丁目から三丁目までありましてね。お関が言うには、いろんな人に尋ねたものの、星野屋という紙問屋はなかった、と。

ただし、屋号は違うが紙問屋が一軒あったので、お関は念のため店に行き、新兵衛という番頭はいるかと尋ねたそうです。すると、そんな番頭はいないという、つれない答え。

それでも、お関は食いさがって、番頭さんはいまいるかと確かめると、帳場に座っているとのこと。つまり、行方不明の番頭はいませんでした。

これを聞きまして、あたくしも、お関が念入りに調べたのがわかりました。必死だったのでしょうがね」

「ということは、紺屋町に星野屋という紙問屋はなかった。屋号を偽《いつわ》っていたわけでもなかった……。

ふうむ、それは困りましたな」

「先生、困ったどころか、まさに呆然自失《ぼうぜんじしつ》ですよ。

しかし、まだ序《じょ》の口《くち》でしてね。これからが、大変なのですから。

とりあえず、お関には、翌日のお役人の検使を待てと言って、帰したのですがね。その晩、二階には死体があるので、お関とお近は下の部屋で並んで寝たでしような。

あたくしも、その晩は、心配でなかなか寝つけませんでしたよ」

茂兵衛の話を聞きながら、伊織は最近、同じような状況を耳にした気がした。

(ああ、そうか、娘が絞殺《こうさつ》された事件か)

岡っ引の辰治の話を思いだす。

浅草阿部川町の八百屋では、お澄という娘の死体が二階にあるため、主人夫婦と奉公人の三人は下で雑魚寝《ざこね》したという。

ここ須田町一丁目の裏長屋では、新兵衛と称する男の死体が二階にあるため、お関とお近の母娘は下で枕を並べて寝たことになろう。

奇妙な符合《ふごう》である。

そのとき、伊織は二階の光景を思い浮かべた。

長襦袢《ながじゆばん》だけの死体が横たわり、着物や羽織、帯はそばの衝立《ついたて》に掛けられていた。

そのほかに、持ち物があったはずである。

また、同心の鈴木順之助が身元不明の死体に『甲』とか『乙《おつ》』と命名する手法を思いだした。この際、伊織は甲と命名しようかと迷ったが、やはりやめておいた。

「新兵衛と称していた男が身につけていた財布や煙草入れなどから、身元が探れなかったのですか」

「あたくしも、それに気づきましてね。お関とお近のふたりに立ちあわせて、調べたのです。とくに、財布の中身などは、あとで、あらぬ疑いをかけられることがありますからな」

茂兵衛が自分の慎重さを強調した。

茶で喉《のど》を湿したあと、話を再開する。

「持ち物は高そうなものばかりでした。

煙管筒《きせるづつ》は螺鈿細工《らでんざいく》でしてね。煙管の雁首《がんくび》と吸口は銀製《ぎんせい》でしたよ。煙草入れは緑地の鶏頭更紗《けいとうさらさ》でできていました。根付《ねつけ》は象牙《ぞうげ》で、俵《たわら》と鼠《ねずみ》の形に彫《ほ》った、洒落《しゃれ》たものでしたな。

それと、真新しい豆絞りの手ぬぐいがありました。その手ぬぐいで、懐紙《かいし》の束をくるんでいました。

財布は煙草入れと同じく、緑地の鶏頭更紗でしたが、中身が肝心な点でしてね。

間違いのないよう、お関やお近と一緒に確かめたのです。

小判こそありませんでしたが、二分金《にぶきん》や南鐐二朱銀、一朱銀、それに波銭《なみせん》や一文銭など取り交ぜて、五両とちょいとありましたな」

「ほかに、書付や印判《いんばん》などはなかったのですか」

「残念ながら、身元につながるような品はありませんでした。

翌朝、あたくしは自身番で、町奉行所のお役人が巡回で立ち寄るのを待ったのです。

お役人は、あたくしの説明を聞くや、こう言いましたよ。

『ほう、蘭方医の沢村伊織先生が検死をしたのか』

『え、先生をご存じでしたか』

『拙者は面識こそないが、評判は耳にしておる』

ということでしてね。

先生は、お奉行所で有名なのですか」

「有名というわけではないのですが、ときどき、お役人に頼まれ、死体や骨などを調べています。それで、私の名を知っている人もいるのでしょう」

「へえ、へえ、さようでしたか。

でも、先生のおかげで、お役人の検使はなくなりましてね。

お役人が言うには、

『あの先生が検分して腹上死と言ったのなら、たしかであろう。変死ではない。いわば病死じゃ。拙者が検使をするまでもなかろう。店に連絡して、死体を引き取ってもらえ』

となりました。

そこで、あたくしが、

『じつは、紺屋町に星野屋という紙問屋はなく、死体は身元不明でございます』

と申しあげたわけです。

すると、お役人は即座に、

『よし、では身元不明の行き倒れ人じゃ。町内の責任で葬《ほうむ》ってやれ』

と言うや、さっさと次の巡回に向かってしまいました。

要するに、あとは町内で始末をつけよ、というわけですな」

「なるほど」

伊織はこれまでの経験から、定町廻り同心の対応について、

（まあ、そんなものだろうな）

と思った。

意外な気はまったくない。

「そのあとどうするか、あたくしは町役人と相談しましてね。さいわい、死人の財布には五両ばかりありました。これを流用することにしましてね。早桶《はやおけ》を買ってきて、遺体を詰めこみ、長屋の男どもに頼んで、かついで寺に運びこんだのです。まあ、無縁仏《むえんぼとけ》ですな。

それでも、財布に金があったので、ささやかな回向《えこう》もできましたし、早桶をかついだ男たちにも手間賃《てまちん》を払うことができました。お関とお近は、なにも負担せずに済んだわけです。

さすがに、ふたりも、あたくしの尽力《じんりょく》に礼を述べましたよ」

茂兵衛が語り終え、やや得意げにうなずいた。

＊

そのとき、路地から診療所をのぞきこんだ女がいたが、あわてて踵《きびす》を返す。

診察を求めにきた長屋の住人であろう。

しかし、茂兵衛があがりこんで話をしている姿を見て、気が変わったようだ。やはり大家は煙《けむ》ったいのであろう。

茂兵衛も気づいたのか、

「なんだ、あの女、俺を見るや、引き返しやがった。まったく、大家をなんと心得ているのだ」

と、腹立たしげに煙管の雁首で、煙草盆の灰入れを叩《たた》いた。

伊織としても、茂兵衛に早く引きあげてほしい。

そこで、話を切りあげさせようとした。

「それで、一件落着というわけですか」

「そのはずだったのです。ところが、遺体を葬ったあとになって、妙な具合になってきましてね」

茂兵衛の話には、まだ続きがあるようだ。

となると、伊織としても耳を傾けざるをえない。

「じつは四、五日前、お近が芳町《よしちょう》の駿河屋《するがや》という口入屋に行ったのです。二階から死体が運びだされて数日経ち、もうほとぼりも冷めたと見たのでしょうな」

「次の、『一の日』の旦那を募集するためですか」

「さようです。臆面《おくめん》もなく、と言ってしまえばそれまでですが、お近にとっては商売ですからね。

　駿河屋に行ったところ、先客がいるようなので、入口に置かれた床几《しょうぎ》に腰をおろして待っていたそうでしてね。すると、中の話し声が聞こえてきたのですよ。

　お近が聞くともなく聞いていると、人探しをしている様子でしてね。

『なぜ、あたくしどもをお訪ねですか』

『芳町の口入屋を通じて、妾を囲ったことは、ほぼわかっておる。妾を囲うといっても、いわゆる安囲いのようだがな』

『ほう、お名前は』

『大橋屋吉兵衛《おおはしやきちべえ》だが、別な名だったかもしれぬ。商家の番頭と称していたはずじゃ』

『なぜ、偽名《ぎめい》を』

『お店者《たなもの》だからな、店に知れないようにしたのであろう』

『なるほど』

『おおよそ、こういう顔なのだが、覚えておらぬか』

『さあ、その絵では、わかりかねますな。芳町には口入屋は、あたくしどものほかに、何軒もあります。そこをあたってみてはいかがですか』

『さようか、わかった。ほかを、あたろう』

そう言って、男が店から出てきたのです。

腰に両刀を差した、お武家でした。

お近は男と目があった途端、危ないと思い、すぐに目を逸《そ》らしたそうですがね。

男はお近を見ると、愛想笑いを浮かべました。

『ほう、そのほうも、お妾稼業か』

『へい、まあ』

『ちょうど、よかった。こういう男を知らぬか』

男は懐《ふところ》から紙を取りだすと、お近の顔の前にかざしたそうでしてね。

お近も思わず見ますよね。

そのとき、ハッと新兵衛さんを思いだしたとか。

もちろん、絵が似ていたからではありません。

絵そのものは、『へのへのもへじ』に毛が生えた程度の、下手な絵だったそうです。おそらく素人《しろうと》が墨《すみ》一色で描いた似顔絵だろうということでした。

ですから、お近に言わせると、絵を見ただけで新兵衛さんとわかる人がいるとは思えない、と。

しかし、お近は漏《も》れ聞いた会話から、男が新兵衛さんを探しているに違いないと、ピンときたのです。そして、そう思って見ると、どことなく新兵衛さんに似ていたとか。

お近は怖くなったそうでしてね。うっかりすると、面倒に巻きこまれる、と。

そこで、

『さあ、その絵だけでは、わかりませんね』

と答えて、やりすごしたのです。

けっきょく、その日は駿河屋に相談することなく、そのまま帰ってきたそうですがね」

「ほう、お近どのはなかなか用心深いですな」

「お近は長屋に帰ってくるや、さっそく、あたくしに相談に来たのです。

『大家さん、新兵衛さんを探している男がいるようですよ。しかも、お武家です。あたしは気味が悪いのですがね。どうしましょう』

というわけです。

あたくしも急に、心配になってきましてね。というのは、財布にあった五両ほどの金です。勝手に使ってしまいましたからな。そこをねじこまれると、あたくしとしても苦しい立場になります。

もし、たちの悪い連中が、新兵衛さんがこの長屋で死んだことを嗅《か》ぎつけると、厄介なことになりかねません。なにせ、お武家が絡んでいるかもしれませんのでね」

伊織は話を聞きながら、およそ五両の金のうち、早桶や手間賃に使った残りは、茂兵衛が着服したのではなかろうかという疑いを持った。そう考えると、茂兵衛が不安そうなのもうなずける。

しかし、口には出さなかった。

黙然としている伊織に、茂兵衛が哀願《あいがん》するように言った。

「あたくしが思うに、先手を打って、こちらで早く新兵衛さんの身元を突き止めたほうがよいのではないでしょうか」

「なるほど、そうですな」

「先生、なにか、いい知恵はございませんか」

茂兵衛は藁《わら》にもすがりたい気持ちのようだ。

そのとき、伊織の脳裏《のうり》に浮かんだのは、似顔絵の活用だった。

浅草阿部川町の事件では、弟子《でし》のお喜代がトクという男の似顔絵を描いた。まだ結果の報告は受けていないが、岡っ引の辰治が似顔絵を手に、トクを追いつめているはずである。

ここ須田町の長屋で死んだ、新兵衛と称する男の身元の割りだしにも、お喜代の描く似顔絵が役に立つのではなかろうか。

もちろん、すでに新兵衛は埋葬《まいそう》されているので、お近やお関の証言にもとづいて描くことになろう。

しかし、問題がある。

ひとつは、新兵衛の行方を追う男が、稚拙《ちせつ》な似顔絵とはいえ、すでに利用していることだ。こちらも似顔絵を持ってまわっているのが知れると、先方がたちの悪い連中の場合、面倒な事態になりかねなかった。

もうひとつは、新兵衛が死んでからすでに十日ほどが経過していることだ。お近やお関の記憶は曖昧《あいまい》になっており、いくらお喜代でも、似顔絵を描くのは難しいであろう。

「う〜む」

思わずうなった伊織は、ハッと気づいた。

「そういえば、いわば遺品の、羽織や着物、財布や煙草入れなどはどうなりましたか」

「自身番に届けています。どうするか、相談の最中でしてね」

「これから自身番に行って、すべて借りてきてもらえますか」

「え、どうするのです？」

伊織は自分の考えを説明した。

「ふむふむ、なるほど、それはおもしろいですな」

茂兵衛はしきりに感心している。

聞き終えるや、茂兵衛はさっそく自身番に向かった。

いっぽう伊織は、加賀屋から派遣されている下男に言った。

「これから手紙を書く。岩井町《いわいちょう》に会津屋《あいづや》という蠟燭《ろうそく》問屋がある。その会津屋のお喜代という人に、急いで手紙を届けてくれ」

「へい、かしこまりました」

須田町と岩井町はさほど離れていない。

もしお喜代が会津屋にいれば、すぐに駆けつけてくるはずだった。

大家の茂兵衛が自身番に行っているあいだに、沢村伊織は手早く昼飯を食べることにした。

「いまのうちに、腹ごしらえをしておきたい」

「へい、ただいま」

加賀屋から派遣された下女のお松が、伊織の前に膳《ぜん》を置いた。

白い飯と八杯豆腐《はちはいとうふ》、それに沢庵《たくあん》である。

八杯豆腐は、豆腐を細長く拍子木《ひょうしぎ》の形に切って、水六杯、酒一杯、醤油《しょうゆ》一杯の、合わせて八杯で煮た料理である。

今日で三回目の昼食だが、初会も二回目も、おかずは八杯豆腐だった。

(もしかしたら、お松はこの料理しかできぬのではなかろうか)

ふと、そう思った。

おかしいようでもあるが、かわいそうでもある。加賀屋でも、奉公人の昼食はこんなものなのであろう。

ただし、白い飯は温かい。

江戸では一般に、早朝に一日分の飯を炊《た》く。そして、朝食だけは炊き立てを食べるが、昼食や夕食は、冷や飯に茶や湯をかけて食べるのが普通だった。

ところが、出張診療所では、お松がやってきてから飯を炊くため、昼食も炊き立てを食べることができたのだ。これは、お松も下男も同様である。ふたりは内心、喜んでいるはずだった。

昼食を終えた伊織は、下男は会津屋のお喜代に手紙を届けにいっているため、いまはお松とふたりきりなのに気づいた。

まだ大家の茂兵衛が来る気配はないし、患者もいない。

この機会に、伊織はお松と話をすることにした。

「そなたは、何歳になるのか」

「へい、十三歳でごぜえす」

答えたあと、お松がぺこりと頭をさげた。

伊織に直接声をかけられ、緊張しているようだ。

「生まれはどこだ」

「角筈村《つのはずむら》でごぜえす」

「角筈村……どのあたりだ」

「内藤新宿《ないとうしんじゆく》の先でごぜえす」

「ほう、そうか。何歳のときから、加賀屋で奉公をはじめたのか」

「十一のときでごぜえす」

お松は目を伏せたまま、問われたことだけに、ぽつりぽつりと答える。

おそらく、お松の実家は貧しい農家であろう、と伊織は思った。

十一歳のときに親元を離れ、加賀屋で住みこみの下女奉公をはじめたのである。

かける言葉に迷った。

しかし、伊織は安っぽい同情などを示すのはよしておこうと思った。

「そうか」

伊織もぽつりと言った。

そして、吉原の禿《かむろ》を思いだした。

長崎遊学を終えて江戸に戻った伊織は、しばらくのあいだ、吉原で開業していたことがある。そのとき、妓楼《ぎろう》の実体を間近に見た。

江戸近郊の貧農や、市中の裏長屋に住む貧乏人の十歳前後の女の子を、女衒《ぜげん》と呼ばれる人買い稼業が買い取り、妓楼に転売する。

妓楼では買い入れた幼い女の子を、禿と呼ばれる遊女見習いとして育てる。そして十五歳前後で、初潮を見るや否や、遊女として客を取らせた。

もちろん、表向きは女中や下女としての契約なのだが、事実上の人身売買だった。

（お松は女衒に売られることもなく、加賀屋で下女奉公をはじめた。しかし、十一歳で商家に下女奉公するのと、吉原の妓楼で禿になるのと、はたしてどちらが幸せだろうか）

伊織は、吉原で出会った禿たちに思いを馳《は》せる。すでにみな、一人前の遊女になっているであろう。

そのとき、お米《よね》という三十代なかばの女が顔を出した。

「先生、お願いできますか」

「ああ、かまいませんぞ。あがりなさい」

かくして、伊織とお松の短い会話は終わった。

お米は診察が終わったあとも、なかなか腰をあげず、伊織に亭主の愚痴《ぐち》をこぼす。

「子どもはふたりいるのですが、ふたりとも奉公しているので、いまは亭主とふたりきりです。ようやく子どもが手を離れたと思ったら、亭主が女郎買《じょろうか》いをはじめましてね。

ちょいと金が入ると、すぐに女郎買いですよ」

お米の亭主は鋳掛屋《いかけや》をしているという。

鋳掛屋は長い天秤棒《てんびんぼう》に炭火の入った七輪《しちりん》をつけ、鞴《ふいご》を持って、町々を流してまわる。破損《はそん》した銅や鉄の鍋釜《なべかま》の修理を頼まれると、道端に荷をおろし、その場で仕事にとりかかる。

伊織も、道端で鍋や釜の修理をしている鋳掛屋を見かけたことがあった。

待っている患者がいないこともあり、伊織もお米の話に付き合う。長屋の住人の生活実態を知るのは、それなりに興味深かった。

「この前の一の日、お関さんのところで死人が出ましたよね」

「うむ、私が呼ばれ、死んでいるのを確かめた」

「その翌日、死体を早桶に詰めて寺まで運ぶことになりましてね。うちの亭主も早桶をかつぐ手伝いをしたのです。夜遅く帰ってきたのですがね。

『手間賃をもらったろう。いくらもらったんだい』

『ああ、後清《あときよ》めに全部、使っちまった』

ですよ、まったく。

どこかの岡場所《おかばしょ》で、女郎買いに使い果たしたわけです。

あたしが怒っても、

『男の付き合いだ』

と言って、まったく取りあわないんですから」

お米が憤懣《ふんまん》をぶちまける。

庶民の男のあいだには、葬儀《そうぎ》に参列したあと、後清めと称して、連れだって女郎買いをする風習があった。

お米の亭主と、ほかの長屋の男たちは、早桶かつぎの手間賃もあり、これさいわいと岡場所の女郎屋に繰りこんだのであろう。

「後清めは、私も聞いたことがある。そなたの亭主だけでなく、早桶をかついだ男はみな、後清めに行ったのだろうよ」

「まあ、そうですね。お里《さと》さんの亭主も、お谷《たに》さんの亭主も……」

お米はちょっと、しゅんとなった。

自分だけが焼餅《やきもち》を焼いているような気がしてきたらしい。

「そういえば」

気を取り直して、お米が別な話題に移ろうとしたとき、路地に足音がした。

お米は振り向き、大家の茂兵衛の姿を見るや、

「先生、どうも、ありがとうございました」

と礼を述べ、そそくさと帰り支度をはじめた。

「自身番から、一式、借りてきましたぞ」

茂兵衛が風呂敷包みをかかげながら、部屋に入ってくる。

入れ違いのように、お米が急いで出ていく。

ともあれ、これで患者がいなくなったのはたしかだった。

「いまのは、お米だったな。俺に挨拶もしないで。まったく、不作法な女だ」

茂兵衛は腹立たし気につぶやいた。

「自身番から戻ったあと、家で昼飯を食っていたものですから、遅くなりました。

ところで、先生は」

「私もさきほど、食べたところです」

「そうでしたか。さて、これです」

伊織の前に風呂敷包みを置いた。

結び目を解き、中身を広げる。

「ご覧ください。

羽織、上着の小袖《こそで》、下着、襦袢、ふんどし、足袋《たび》、帯、そして雪駄《せった》ですな。

そして、これが先日お話しした財布、煙管筒、煙管、煙草入れと根付、手ぬぐいです」

「ほう、遺品はこれですべてですか」

伊織は衣類を手に取る。

先日、検死をしたとき、新兵衛と称する男は長襦袢だけの素っ裸だった。

羽織や着物が枕元の衝立に掛かっているのは目にしたが、先日の時点では死因を調べるのが目的だったため、衣類にはほとんど注意を向けていなかった。

伊織が手に取った衣類について、そばから茂兵衛が注釈する。

「羽織は小紋《こもん》で、黒裏付きですな。上着の小袖は、結城木綿《ゆうきもめん》ですが秩父絹《ちちぶぎぬ》の裏がついております。下着は唐桟《とうざん》でしょうな。帯は博多《はかた》です」

「このあたりは、私はうといものですから、教えていただきたい。

死んだ男は、紙問屋の番頭と称していたのでしたね。これらは、商家の番頭の着物にふさわしいでしょうか」

「いくら大店《おおだな》の番頭でも、店でこんないでたちをしているとは考えにくいですな。新兵衛さんがどこかの番頭だったとしても、着替えたのでしょうね。妾のところに行くには、粋《いき》なかっこうをしたかったのでしょう。

商家の番頭や手代《てだい》などが商用にかこつけて外出し、吉原や深川《ふかがわ》などで遊んでおりますな。

連中はあらかじめ船宿《ふなやど》などに遊び用の着物をあずけて置き、そこで着替えるようです。帰りは、また船宿で着替えてもとの姿に戻り、何食わぬ顔で店に戻るわけですな」

茂兵衛は、お店者の隠れ遊びにもくわしいようだ。

ただし、本人の衣装は年中、真岡木綿《もうか》である。夏は単衣《ひとえ》、春と秋は袷《あわせ》、冬は綿入《わたいれ》の違いにすぎない。

「なるほど、これが持ち物ですか」

伊織が次に財布を手に取る。

そのとき、加賀屋から派遣された下男の声がした。

「ここでございます」

あとに、路地のドブ板を踏む足音が続く。

お喜代と、供の平助であろう。

おそらく、伊織の手紙を一読したお喜代は、

「これからすぐに用意します。案内してください」

と、下男を待たせたに違いない。

そして、手早く用意するや、下男に道案内させ、丁稚の平助を供に従え、須田町の長屋にやってきたのだ。

お喜代の意気込みがわかる。というより、またなんらかの犯罪捜査に関係があると察し、期待に胸をワクワクさせているに違いなかった。

＊

供の平助は、いつもの倍はありそうな大きな風呂敷包みをかついでいた。

お喜代は着物の上に被風《ひふ》を羽織っている。

「先生、遅くなりました」

「いや、思ったより早かったので、驚いている。それより、突然、呼びだして、

申しわけなかった」

「いえ、喜んで馳《は》せ参じました」

そんなふたりを見ながら、茂兵衛が小声でつぶやく。

「ほう、後家さんか」

お喜代の切髪に気づいたらしい。

茂兵衛は好奇の視線で、お喜代を見つめている。

妙な誤解をされないよう、伊織が茂兵衛に言った。

「私の蘭学《らんがく》の弟子でしてね。絵師でもあります。それで、今回のことを頼んだのですがね」

「会津屋の喜代でございます」

お喜代が茂兵衛に丁重《ていちょう》な挨拶をした。

茂兵衛も挨拶を返しながら、途中で気づいたようだ。

「あたくしは大家の茂兵衛ですが……えっ、会津屋と言いますと」

「はい、岩井町で蠟燭問屋を営んでおります」

「へい、へい、あの会津屋ですか、存じております」

茂兵衛の態度が一変した。

丁稚らしき少年に供をさせていることから、会津屋の若後家と理解したようだ。

蘭学の弟子や絵師よりも、大店の身内という事実のほうが、茂兵衛にとっては重要らしい。

あわてて、場所を譲《ゆず》る。

「どうぞ奥へ、先生のそばに行ってください、どうぞ、ご遠慮なく」

その言葉に応じて、お喜代が伊織の前に進む。

伊織が、膝《ひざ》の前に並べられた財布や煙管筒、煙管、煙草入れと根付、手ぬぐいを示して言った。

「さっそくだが、描いてもらいたい物はこれだ。墨一色ではなく、色も着けてほしい」

「はい、お手紙に着色が必要とあったので、顔料《がんりょう》や絵皿なども持参しました」

「ほう、それでか」

伊織はあらためて平助の、いつになく大きな風呂敷包みに目をやった。

着色用の道具一式が入っているのであろう。

「これは、釈迦《しゃか》に説法になるかもしれぬが、心して聞いてほしい。

美しく描く必要はない。正確に描いてほしいのだ。現物がありありとわかるように、と言おうかな。

たとえば、煙管筒の絵を見た人が、

『あっ、この煙管筒は見たことがある。〇〇さんが持っていた煙管筒だよ』

と、わかるような絵と言おうかな。

だから、色もそっくりにしてほしい。要するに、本物そっくりの絵を描いてほしいのだ。できますかな」

「はい、やってみます」

お喜代がひとつひとつの品を手に取り、ながめていく。

「持主は、かなり風流なお方だったようですね」

金のかかった品と、すぐに見抜いていた。

煙草入れを取りあげたとき、おやという表情をして、指で布地を押したり、つまんだりしはじめた。

「先生、中に、なにか入っているようですが」

「それは煙草入れですからね。刻み煙草が入っております」

茂兵衛が苦笑する。

大店の若後家の世間知らずと思ったようだ。

お喜代がきっぱり言った。

「いえ、もっと硬い物です」

「見てみよう」

伊織が煙草入れを受け取る。

開いて人差し指で探ると、刻み煙草の中に、たしかに硬く細長い物がある。

指でつまみだすと、片方が途中で直角に折れ曲がり、さらにその先端が内側に直角に折れ曲がった細い鉄の棒だった。長さは二寸半（約八センチ）ほどである。

鉄の棒についた煙草屑《くず》をフッと吹き、伊織が手にかざす。

「ほう、これはなんだろうな」

「折れ釘《くぎ》ですかな。それにしては、妙な形ですが」

茂兵衛が首をかしげる。

お喜代が言った。

「蔵の錠前《じょうまえ》の鍮《かぎ》ではないでしょうか」

すぐさま茂兵衛が、

「蔵の鍮はもっと長いですぞ。長さは、十寸（約三十センチ）はおおげさにしても、それくらいはありますぞ」

と、異議を述べる。

やんわりと、お喜代が言い返す。

「会津屋にも蔵がございますので、鑰は見たことがあります。下のほうに木製の柄《え》がついているので、たしかに十寸くらいの長さになります。

これは、先端の部分だけを切ったのではないでしょうか。もしかしたら、煙草入れにおさまる長さに縮《ちぢ》めたのかもしれません」

お喜代の家には蔵があると知り、途端に茂兵衛はしゅんとなった。

もう、異論は述べない。

伊織が確認する。

「商家にとって、蔵の鑰は大事な物だな」

「はい、鑰を手にできるのは、主人と大番頭くらいです。あたしも触ったことすらありません」

主人の娘であり、その後は主人の妻だったお喜代も、蔵の鑰を手にしたことはなかったのだ。

「すると、ふだんは、どうやって保管しているのか」

「ほかは知りませんが、会津屋では鑰を皮製の袋におさめ、それをさらに唐櫃《からびつ》に入れ、帳場の目立たない場所に置いています」

「ふうむ、番頭が鑰を持ち歩くことはあるだろうか」

「あたしは商《あきな》いのことはほとんど知らないので、断言はできないのですが、番頭が蔵の鑰を身につけているなど、ありえない気がします。煙草入れの中などに隠されていたのが不思議です」

「ふうむ」

伊織は、この鑰にこそ、新兵衛と称していた男の正体がかかわっている気がした。

だが、いまは見当すらつかない。

「この鑰は、ちょっと調べてみたいので、別にしておきますぞ」

茂兵衛に確認したあと、伊織は鑰を懐紙に包んだ。

ここは、とりあえず遺品の写生を急ぐべきであろう。

「さて」

そう言って室内を見渡しながら、伊織は急に心配になった。

「ここで、できるか」

部屋の広さは八畳ほどである。

そこに、お喜代が紙を広げ、そばで平助が絵皿などを並べる。ほかに、伊織と茂兵衛、加賀屋から派遣された下男と下女がいた。

すでに六人である。さらに、診察を求める患者が来たら、もう立錐《りっすい》の余地もない。

「ちょっと、ここでは無理かもしれません。わがままを言って、申しわけないのですが」

お喜代は困りきっている。

伊織も困惑した。

「うむ、たしかに、絵を描くには狭いな。どこか、広い場所が借りられるとよいのだが」

勢いこんで、茂兵衛が言った。

「そんなことであれば、大家のあたくしにお任せください。名案があります。お関の家の二階を借りましょう。お近の、次の『一の日』の旦那はまだ決まっていませんから、いまは二階はあいているはずです」

伊織も名案だと思った。

二階をまるまる使えば、紙を広げ、絵皿を並べることもできよう。そばで、平助が手伝いもできる。

「なるほど。しかし、二階をすんなりと貸してくれますかな」

「そこは、あたくしが乗りだせば、否応無《いやおうな》しですよ。大家の命令ですからね。お関にいやだなんぞ、言わせませんせん」

「では、お任せしますぞ」

伊織がお喜代にうなずく。

茂兵衛が、煙草入れなどをまとめて風呂敷に包んだ。

「お喜代さん、案内しますぞ」

意気揚々《ようよう》と、茂兵衛が先に立つ。それに、お喜代と、画材をかついだ平助が続いた。

（これで、落ち着いて患者に対応できる）

伊織もほっとした。

三

八ツ（午後二時頃）の鐘《かね》が鳴ってからだいぶ経ったが、まだお喜代は戻ってこない。
すでに診療時間は終わったのだが、沢村伊織も帰宅するわけにはいかなかった。
いっぽう、加賀屋から派遣された下女と下男は、伊織が診療所にとどまってい
るあいだは、帰るわけにはいかない。だが、とくに迷惑がっている様子はなかっ
た。店にいるよりは、長屋のほうが気楽なのであろう。
現に下女のお松は、長屋の子守をしている女の子といつの間にか親しくなり、
台所で赤ん坊を抱かせてもらい、おしゃべりに興じている。
さきほど、伊織と話をしていたときの口の重さが嘘《うそ》のようである。
かたや下男は、上框《あがりかまち》に腰かけて居眠りをしていた。
路地を棒手振《ぼてふり》の行商人が呼び声をあげながら通りすぎるし、あちこちから子ど
もを叱る声がするなど、雑音は絶え間ないが、慣れると川の水音や、木の枝を揺
らす風音に近い。
伊織はこの機会を利用して、鑰《かぎ》の謎《なぞ》を考えてみることにした。
(よし、新兵衛と称していた男を、同心の鈴木順之助にならって、シンと呼ぶこ
とにしよう)
自然と笑みが浮かぶ。

シンは商家の奉公人で、こっそり蔵の鑰を複製し、ひそかに商品などを盗みだしていた――充分に考えられるが、主人や大番頭が正規の鑰で蔵に入ったら、盗みはすぐにばれてしまうであろう。長くは続けられない。近々、ごっそり盗んで逃亡する予定だったのか……。

シンは盗賊で、狙《ねら》いをつけた蔵の鑰を複製した――充分に考えられるが、部外者が蔵の正規の鑰を持ちだし、複製するのは難しいであろう。とすると、奉公人に協力者がいたのだろうか。

もしかしたら、シンは錠前開けの達人で、あの奇妙な形の鉄の棒一本で、どんな錠前でも開けてしまえるのではなかろうか。そのため、つねに煙草入れの中に隠して持ち歩いていた。

それとも、実際は鑰ではなくて、用途はまったく別かもしれない。想像もしない使い方をする凶器……。

あるいは、秘密の集団の証《あかし》となる鑑札《かんさつ》……とすると、シンは隠密《おんみつ》だったのだろうか。秘密の宗派の信徒《しんと》なのだろうか。

そもそも、シンはなぜ、安囲《やすがこ》いを選んだのか。

衣装や持物からすると、シンは金まわりはよかったようである。とすれば、一軒の家は無理としても、長屋なら妾を囲えたのではあるまいか。安囲いのような、けちくさいことをするまでもなかろう。

いや、あえて安囲いを選んだとも考えられる。

一か所に縛られないためである。

一の日は須田町、三の日は〇〇、五の日は△△……。

妾の住む一帯に用があったのかもしれない。

巧妙に場所を変えていたのだろうか――。


そこまで考えてきて、伊織は痛切《つうせつ》にシンの正体を知りたいと思った。

要するに、謎を解きたい。

お喜代の絵は手がかりになるだろうか。

ただし、一介の町医者には限界があった。

町奉行所の同心である鈴木順之助や岡っ引の辰治であれば、お上《かみ》の威光をふりかざし、尋問《じんもん》や取り調べができる。だが、町医者にはそんな権限はない。

（う～ん、この段階で、辰治に手伝ってもらうわけにもいかぬからなぁ）

伊織が大きなため息をついたとき、お喜代と平助、大家の茂兵衛の三人が戻ってきた。

茂兵衛が興奮気味に言った。

「先生、お喜代さんはたいしたものですな。あたくしは驚きましたぞ」

そして、数枚の紙を伊織の前に差しだした。

そこには、財布、煙管筒、煙管、煙草入れと根付、手ぬぐいが着色して描かれていた。

すべて、本物そっくりだった。

風流や雅趣《がしゅ》には縁がない伊織にとって、絵の理想は写実だった。その手本は『解体新書』に掲載された解剖図といってよい。

「う～む、見事だな。この絵を見れば、シンと交流のあった人は、

『えっ、見覚えがあります。この財布を持っていた人を知っていますよ』

などと叫ぶはずだ」

そこまで言って、伊織は茂兵衛の怪訝《けげん》そうな表情に気づいた。

あわてて付け加える。

「新兵衛と称していた男を、面倒なので、この際、シンと呼ぶことにしましょう。よろしいですか」

「へい、シンですな。まあ、いいでしょう」

「それはそうと、お関とお近の親子は、すんなり二階を貸してくれたのですか」

「最初は渋っていましたが、あたくしが、

『死んだ旦那の身元を調べるためだ。放っておくと、面倒なことになりかねないぞ。それどころか、怖い目に遭いかねないぞ』

と、脅《おど》したところ、ようやく納得しましたよ。

それと、お喜代さんが、

『ご迷惑をおかけしますね。これで、お蕎麦《そば》でも取ってくださいな』

と、南鐐一片《なんりょういっぺん》を渡したのが効きましたね。お関なんぞは、手のひらを返したように、

『どうぞ、どうぞ、自由に二階を使ってください』

ですからね」

茂兵衛が苦笑する。

伊織は、お喜代が南鐐二朱銀を渡したのを知り、岡っ引の辰治から聞いた話を

思いだした。

浅草阿部川町の八百屋は、南鐐二朱銀で男女に二階を貸していたのではなかったか。不思議な暗合である。

「先生、お喜代さんに絵を描いてもらいました。このあと、どうしましょうか」

「まず、芳町の駿河屋という口入屋をあたるべきでしょうな。茂兵衛さん、一緒に駿河屋に行きましょう。

絵は見せるかどうか、その場の判断ですな。とりあえず、私が持ちます」

伊織が絵を懐におさめた。

茂兵衛はやや面倒そうである。

「へ、あたくしも行くのですか」

「お手前は大家ですから、もっとも自然です。

『長屋で頓死した人がいて、身元がわからず、大家として困っている』

というわけですね。

私も医者として治療をしたが、謝礼をもらえず、不満を持っているというわけです。

先方も同情して、親身になって相談に乗ってくれるはずです」

「へい、へい、わかりました。これらの品は、あとで自身番に戻しておきます。ところで、煙草入れに入っていた鑰《かぎ》ですが、どうしましょうか」

「さきほどから、考えていたのですがね。

お近どのが駿河屋で見かけたという武士です。もしシンを探していたのだとしたら、その目的は鑰かもしれないなという気がしてきましてね。

考えすぎかもしれませんが、シンはなんらかの悪行に手を染めていた疑いもあります。

いざというとき、必要になるかもしれません。鑰だけは自身番に戻さず、手元にとどめておいたほうがよいと思うのです。

お手前が保管しておきますか」

伊織が懐紙に包んだ鑰を前に置いた。

茂兵衛の顔に緊張がある。いったん手を伸ばしかけたが、すぐに膝の上に戻した。

「ちょいと気味が悪いですな。というより、シンを探している人間が長屋に来たら、まず大家のあたくしに目をつけますからな。

あたくしの手元に置いておくのは、危ないと言いましょうか、あたくしの手に負えないと言いましょうか。いっそ、先生が預かってくださいな」

ややや、しどろもどろになりながら、茂兵衛が鑰の保管を辞退する。

漠然《ばくぜん》と危険を感じたようだ。

「わかりました。では、私が預かりましょう」

伊織が鑰を袂《たもと》に入れた。

お喜代と平助が帰ったあと、診療所を閉じ、下女と下男は加賀屋に帰した。

伊織と茂兵衛は芳町を目指す。

四

芳町は東堀留川《ひがしほりどめがわ》の東岸に位置している。正式な町名は堀江六軒町《ほりえろつけんちょう》だが、江戸の人々は芳町という俗称で呼んだ。

通りには人通りが多い。しかも、着飾った若い娘の姿が目立つ。

あたりを見まわし、沢村伊織が言った。

「ほう、ずいぶん、にぎわっていますな」

「芳町に隣あって、葺屋町《ふきやちょう》と堺町《さかいちょう》があります。葺屋町と堺町は芝居街ですからな。

歌舞伎見物の人々が、芳町にも流れてくるわけです」

茂兵衛が得々と説明した。

しかし、茂兵衛がこれまで観たのは、両国《りようごく》広小路や寺社の境内《けいだい》の簡易な小屋掛けの芝居である。葺屋町や堺町の芝居小屋には入ったことがなかった。

箱提灯《はこちようちん》をさげた男に先導され、女と見まがうほどの美少年が歩いていた。華麗《かれい》な振袖《ふりそで》を着ていたが、髪は独特な若衆髷《わかしゆわげ》に結《ゆ》っている。

伊織が思わずながめているのを見て、またも茂兵衛が解説する。

「先生、あれは陰間《かげま》ですよ」

「ほう、芳町の陰間は聞いたことがありましたが、実物を見るのは初めてですぞ。女以上に女らしいと評されているようですが、たしかに、そうですな」

「江戸では、ここ芳町、それに湯島天神《ゆしまてんじん》門前と芝神明《しばしんめい》門前の三か所に、陰間茶屋が集まっています」

陰間のあとを、しばらく歩く。

すれ違う女たちも、みな陰間に視線をそそいでいた。

今度は、向こうから、箱提灯を持った若い者に先導され、ふたりの陰間が歩いてくる。ふたりが履《は》いた駒下駄《こまげた》がからころと鳴る。

女同士で、

「いい若衆《わかしゅ》だね」

と、ささやきあっている者もいた。

若衆も陰間のことである。

陰間は女をも興奮させるようだった。

しばらく歩いたあと、茂兵衛が、

「あそこですな」

と、店先に掛かった看板を指さした。

看板には、

　　　芳町
男女御奉公人口入所
　　するが屋万七

と、書かれていた。

入口の外に床几が置かれていた。先日、お近が腰をおろしていた床几であろう。

暖簾《のれん》をくぐって、狭い入口から中に入ると、やはり狭い土間がある。土間をあがると、わずか六畳ほどの部屋だった。

陳列・販売する商品はとくにないため、店舗が広い必要はないのであろう。その代わり、壁にいろんな帳面がさげられ、壁際《かべぎわ》にも分厚い帳面が積みあげられていた。

主人の万七《まんしち》は羽織姿で、書き物台を前にして座っていた。

書き物台には硯《すずり》と筆、それに帳面が置かれていた。口入屋稼業の必需品であろう。

そばの長火鉢《ながひばち》では、鉄瓶《てつびん》が白い湯気をあげている。

「いらっしゃりませ。奉公人をお求めですか」

「いえ、ちょいと教えていただきたいことがございましてね」

「そうですか、どうぞ、おあがりください」

ほかに客がいないためか、万七に迷惑そうな様子はない。

茂兵衛が須田町一丁目の長屋の大家だと述べたあと、駿河屋で紹介された男が長屋で腹上死した顚末《てんまつ》を語った。

「長屋で診療所を開いている、こちらの先生が遺体を検分して、腹上死と診立《みた》てたのですがね。そんなわけで、大家のあたくしが世話をして、遺体は葬ったのですが、遺品がありましてね。できれば身元を突き止め、返してやりたいのです」

「ほう、遺品とはなんですか。金目《かねめ》の物ですか」

万七も俄然《がぜん》、興味が出てきたようである。

茂兵衛は道々、伊織と打ちあわせたとおりに言葉を濁《にご》す。

「申しわけありませんが、はっきりしたことは申しあげられません。先方がどんな品かを正しく言いあてるかどうかで、本当に新兵衛さんの係累《けいるい》かどうかがわかるわけですから」

「なるほど、それはそうですな」

「一品だけ、お見せしましょう」

伊織が煙管筒の絵を懐から取りだし、示した。

受け取った万七は絵をながめ、驚いたように言った。

「ほほう、うまいですな。色まで着いています。先生がお描きになったのですか」

「まあ、私の弟子が描いたのですが。お恥ずかしいしだいで」

伊織は「の弟子」の部分を聞き取りにくいように早口で言った。

万七は、その曖昧な口ぶりを、謙虚《けんきょ》さと解釈したようである。

「いえいえ、ご謙遜《けんそん》を。お医者ということですが、絵の腕も玄人跣《くろうとはだし》ですぞ。それにしても、螺鈿細工の煙管筒ですか。他の持物も推《お》して知るべしですな。なるほど、おふたりが身元を調べ、遺品を返してやりたいのもわかります。ちょいと、お待ちください」

万七は大金がかかわっていると理解し、本気になったようである。分厚く綴《と》じられた帳面を手に取り、調べていく。

すぐに、該当《がいとう》箇所を見つけた。

「須田町のお近さんでしたな。

ご紹介したのは、たしかに紺屋町の紙問屋・星野屋の番頭、新兵衛さんです。

あたくしが聞き取り、書き留めました。

ところが、紺屋町には星野屋という紙問屋はなかったわけですね。

そうでしたか、偽名でしたか。

世間体《てい》をはばかり、偽名を使う人は少なくありませんでね。店の名を偽る人もいます。

となると、あたくしどもでも、お手あげですね。これ以上は、わかりません」

「そうですか」

伊織と茂兵衛は顔を見あわせる。

けっきょく、一歩も進展はなかった。

万七が煙管筒の絵を伊織に返しながら、思いだしたように言った。

「最近、尋ね人に絵が流行《はや》っているのですかな」

「え、どういうことですか」

「つい最近ですが、似顔絵を持って、あたくしどもに人を尋ねにきた人がいましてね。

『芳町の口入屋を通じて妾を囲ったのはわかっている。この男を知らないか』

というわけですな。

ところが、下手な絵でしてね。絵を見ても、あたくしは誰ひとり思い浮かびませんでした」

万七が思いだし笑いをする。

お近が言っていた男に違いない。

伊織がさも思いついたように言った。

「もしかしたら、新兵衛さんを探していたのではないでしょうか。なぜ、人探しをしているのか、言いましたか」

「お家の大事な品を預かったまま行方がわからなくなり、困っておるとか、なんとか、もっともらしいことを言っていましたな。

お武家のかっこうをしていましたが、あたくしは浪人《ろうにん》と見ました。浪人とはいえ、身なりはなかなか立派でしたがね」

「姓名は覚えていますか」

「商売柄、多くの人に会いますから、その場かぎりの人は覚えておりません。お武家が妾を求めにくることも多いのです」

「顔の特徴などは」

「それも覚えていませんな。ただ……

言葉に上方訛《かみがたなま》りというのでしょうか、そんな訛りがあるような気がしましたな」

「ほう、そうですか」

伊織はひとつの手がかりを得た気がした。

手がかりとしてはあまりに薄弱《はくじゃく》だが、決定的な場面で決め手になるかもしれない。

伊織と茂兵衛は万七に丁重に礼を述べ、駿河屋を辞去した。

入口わきの床几には、若い女が腰をおろしていた。妾を志望する女だろうか。

すでに日は西に傾いているが、通りの人通りはかえって増えていた。

＊

駿河屋の斜め向かいは料理屋のようだった。二階の座敷から三味線の音色《ねいろ》が響いてくる。

茂兵衛は三味線の音色を耳にして、

「さて、帰りますかな。急いで帰れば、日が暮れる前に着くでしょう」

と言いながらも、その口調はやや悔《くや》しそうだった。

裏長屋の大家では、芳町の料理屋での酒宴など無縁なのに違いない。

ふと三味線の音色が途切れた。

「キャー」

「わぁー」

女と男の悲鳴が続く。

思わず伊織と茂兵衛も足を止めた。

「どうしたんでしょうな」

茂兵衛がつぶやきながら、料理屋の二階座敷を見あげる。

そのとき、ドドドと足音を立てて階段を駆けおり、土間に飛びおりるや、そのまま通りにまで飛びだしてきた男がいる。

二十歳前後の武士だった。

着物の裾《すそ》は大きくはだけて、白いふんどしが見えていた。足元は裸足《はだし》である。

右手に抜身の脇差《わきざし》を持っていた。

顔面は蒼白《そうはく》で、ぎょろりとした目にはあきらかに狂気がある。

男は分厚い唇のあいだから歯を剝《む》きだし、

「くそう、死ねぇ」

と、うなりながら、通行人を威嚇《いかく》するように刀を振りまわす。

「離れましょう」

伊織が茂兵衛の腕を取り、あとずさる。

武士を追うように、振袖姿の娘がやはり通りに飛びだしてきた。

「黒川《くろかわ》さま、おやめください」
その声は男である。
一見すると、美貌《びぼう》と振袖を着ていることもあって娘に思えるが、少年だった。
黒川と呼ばれた男が、
「うるさい、陰間ごときが武士に向かって無礼であろう」
と怒鳴りながら、振り向きざま、斬《き》りつける。
陰間は身をかわそうとしたが、間に合わない。
刃が左の肩口に振りおろされ、鮮血が散った。
「キャー」
またもや、店から女の悲鳴があがる。
陰間は右手で傷口を押さえ、よろよろと後退する。
そこを、黒川が白刃《はくじん》を振りあげ、なおも迫った。
(いかん、止めなくては)
伊織は焦燥感《しょうそうかん》に駆られた。
第二撃は致命傷になるであろう。
なんとしても、止めねばならない。

無意識のうちに踏みだし、男の背後から、右側にまわりこむ。手にしていた竹《たけ》の杖《つえ》を水平に構えた。

黒川が刀を振りおろそうとするところ、伊織が大きく一歩踏みだし、杖で右の脇の下を突いた。体重をかけた西洋剣術の突きである。

長崎に遊学中、出島《でじま》のオランダ商館員にフェンシングの手ほどきを受けたのだ。鉄で補強された杖の先端が、腋《わき》の下に喰いこむ。

「うわっ」

黒川はうめき声をあげ、脇差をぽろりと落とした。そして、その場にもんどりうって転倒する。

遠巻きにして見物していた人々のあいだから、

「おぉー」

と、嘆声《たんせい》があがった。

地面に落ちた脇差を、伊織はすばやく拾いあげる。

そのとき、女将《おかみ》らしき女と若い者が飛びだしてきて、

「歌菊《うたぎく》さん」

と呼びながら、陰間を抱きかかえた。

伊織は、黒川が悶絶《もんぜつ》しており、しばらくは立ちあがれそうもないのを確認したあと、歌菊と呼ばれた陰間のもとに歩み寄った。

まずは、

「これを預かってくれ」

と、そばにいた若い者に脇差を渡す。

「誰か、お医者を呼んどくれ」

女将が涙声で店に向かって叫んだ。

いっぽうで、

「自身番に知らせに行け」

という声もする。

伊織が女将に言った。

「私は医者です。傷を診《み》ましょう」

「え、お医者さまでしたか」

「とりあえず、店の中に運んでください」

「かしこまりました。歌菊さん、歩けるかい」

「はい、歩けます」

歌菊が痛みをこらえ、答える。

女将が寄り添い、店の中に入った。

「水を盥《たらい》に入れて持ってきてください。それと、きれいな晒し木綿をお願いしますぞ」

伊織は女将に頼んだあと、歌菊を上框に腰かけさせる。

すぐに盥の水は用意された。

手ぬぐいを水にひたし、血をぬぐいながら、右肩の切傷を検分する。

（うむ、たいしたことはないな）

出血こそおびただしいが、深い傷ではなかった。

刃物が脇差だったからであろう。刀身が短いし、片手で振るうので力もさほどこもっていない。

もし大刀を両手で振りおろしていたら、致命傷になっていたかもしれなかった。

その場合、たとえ回復しても、右手が不自由になる可能性が高い。

また、陰間だけに着物を重ね着していたのも、刃を防いだに違いなかった。

「応急の血止めをしておく」

伊織は傷口に晒し木綿を巻きつけ、血止めをする。

ふと、よい香りがするのに気づいた。

歌菊の着物には、香《こう》が焚《た》きこめられているようだ。間近で見ると、顔は化粧しているのがわかる。年のころは十六くらいだろうか。

なんとなく、奇妙な感覚に襲われる。

そんな感覚を振り払うように、伊織が言った。

「よし、これで私の処置は終わりじゃ。傷は縫《ぬ》ったほうがよいが、道具がないので、ここでは無理だ。あとで外科医の手当てを受け、傷を縫ってもらうがよい」

「ありがとう存じました。

もしえ、先生のお名前をお聞かせくださいませ」

歌菊が左手で、伊織の手をとらえて言った。

その細くやわらかな指を、伊織がやんわりと振り払い、

「いえ、名乗るほどのことはしておりません。失礼しますぞ」

と、立ちあがる。

店から通りに出ると、茂兵衛が立って待っていた。

「申しわけない、お待たせしてしまいました」

「いや、もう、ハラハラしましたぞ」

自身番から駆けつけた数人の男が、黒川を連行していくのが見えた。これからどうなるのか、ちょっと気になる。

黒川の怪我も気がかりだったが、自身番でそれなりの処置をするであろう。

女将が駆け寄ってきた。

「先生、どちらまでお帰りですか」

「え、まあ、下谷のあたりです」

「では、ここからだと、途中で真っ暗になりますよ。提灯《ちょうちん》を用意させますので、お供さんに持たせてください。

宗助《そうすけ》どん、提灯をよ。早くしなせえ」

女将が店の若い者に、提灯を用意させる。

伊織があたりを見ると、商家の軒先《のきさき》にはどこも掛行灯《かけあんどん》に灯がともっている。空には星がまたたいていた。

やはり提灯なしに須田町、さらに神田川《かんだがわ》を越えて下谷七軒町まで歩いて戻るのは無理だった。

ここは、好意をありがたく受けるべきであろう。

いっぽう茂兵衛は、自分が医者の供《とも》をする下男と間違われたのがわかり、なんとも苦々《にがにが》しい顔をしていた。

伊織は吹きだしそうになったが、やはり気の毒なので、ぐっと笑いをこらえる。

若い者が提灯を持参し、茂兵衛に渡す。

提灯には、蠟燭の明かりで、

会席料理
尾張屋
　芳町

という文字が浮かび上がっていた。

「提灯は差しあげますので、お返しいただかなくとも結構でございます。

では、お供さん、よろしくお願いしますよ」

女将が茂兵衛に念を押す。

そのとき、伊織は視線に気づいた。

見物人のなかに、さきほどまで話をしていた、口入屋・駿河屋の主人の万七がいたのだ。

店先の出来事だけに、騒ぎに気づいてすぐに表に飛びだし、一部始終を見ていたに違いない。

伊織はせっかく歌菊にも身元を明かさなかったのに、万七経由で噂《うわさ》が広がるかもしれないと思った。

(妙な形で伝わらなければいいがな)

しかし、伊織は自分の危惧《きぐ》を茂兵衛に告げるのはやめておいた。

第四章　陰　間

一

岡っ引の辰治は濡《ぬ》れた手ぬぐいを手にしていた。

湯屋からの帰りである。

湯あがりに、男湯の二階にある娯楽部屋で将棋《しょうぎ》でも指そうかと思った。だが、空模様が怪しい。そこで、そのまま家に帰ることにしたのだ。

（まったくなぁ。そもそも、あの後家の描いた似顔絵が、似てねえのじゃねえのかぁ）

つい、お喜代の描いた絵に八つ当たりをしてしまう。

「トクさがし」は、難航《なんこう》していたのだ。

辰治は女の客が多い、小間物《こまもの》や化粧品を扱う店に見当をつけ、似顔絵を見せて

は、

「こういう顔で、トクという男を知らねえか」

と、質問してまわった。

しかし、これまでのところ収穫はなかった。

刷り物であれば、子分を動員してそれぞれに似顔絵を持たせ、広い範囲を質問してまわれる。だが、お喜代の肉筆画だけに一枚しかない。辰治がひとりで歩くしかなかった。

（そもそも、『トクさん』から、徳兵衛や徳三郎を連想したのが間違いかもしれないぞ。もしかしたら、玄徳《げんとく》かもしれないな）

そこまで考え、辰治はおやと思った。

（玄徳……どこかで耳にした名前だな）

玄徳、玄徳……と口の中でつぶやく。

（あ、そうか、蜀《しょく》の劉備玄徳《りゅうびげんとく》か）

思いだして、クスリと笑った。

かつて、講釈場《こうしゃくば》で聞いた『三国志《さんごくし》』のなかの人名だった。若いころ、講釈場にはずいぶん通いつめたものである。

魏《ぎ》の曹操《そうそう》、呉《ご》の孫権《そんけん》、蜀の劉備……講釈師の語り口に、夢中になって聞き入ったものだった。

玄徳は、劉備の字《あざな》である。

（しかし、まさかトクの名が玄徳ということはないよなぁ）

自分の思いつきがおかしくなる。

またもや、クスリと笑った。

「おや、親分、なにか、いいことがありましたか」

声をかけてきたのは、近所の足袋屋《たびや》の主人である。

風呂敷包みを首からからげた丁稚が供をしていた。

ちょうど出先から戻ってきたところのようだ。

「なぜ、そんなことを聞くのかね」

「嬉《うれ》しそうに笑っていましたからね」

ひとりでニヤニヤしているのを見られたかと思うと、ちょっと恥ずかしい。

辰治は照れ笑いをする。

「なぁに、自分の馬鹿さ加減を笑っていたのさ」

「ご冗談を。

それはそうと、降りそうですな」

「雨になりそうなので、わっしも将棋をあきらめ、帰るところでさ」

「さようでしたか。最近、湯屋の二階に、強い男が出入りするようになりましてね。あたしも一度、指したのですが、まるで歯が立ちませんでした。

まだ若い職人ですがね。あの男は強いですぞ。

親分も一度、手合わせをしてみてはどうですか」

「いや、わっしはへぼ将棋だからね」

「ご謙遜《けんそん》を。

親分がへぼ将棋なら、あたしは大へぼ将棋ですよ。そのうち、お手合わせを。

おや、ぽつりと来ましたぞ。これは、急いで帰らなくては」

足袋屋の主人が会釈《えしやく》して去る。

辰治が歩く通りに面して、入口の障子《しようじ》に、

志る古
金沢屋

しるこ
と記されていた。

辰治の女房が、女将《おかみ》として切り盛りしている汁粉屋《しるこや》である。汁粉をしゃれて、「志《し》る古《こ》」と表記していた。

入口の前を素通りした辰治は、路地伝いに勝手口に向かった。

汁粉屋の客はたいてい女同士か、若い男女である。

そんな客の前に、自分のようないかつい男が顔を出しては無粋《ぶすい》だと、辰治は自覚していた。そのため日頃、勝手口から出入りするようにしていたのだ。

客の前にはけっして顔を出さないのが、辰治なりの女房を助ける流儀《りゅうぎ》だった。

「帰ったぜ」

声をかけながら、勝手口から台所にあがる。

女中になにやら指示していた女房のお常《つね》が、辰治を見て言った。

「あら、おまえさん、湯から戻ったのかい。早かったじゃないか」

「雨が降りそうなので、寄り道もせずに、まっすぐ帰ってきた。雨の気配があると、どういうものか、妙に女房が恋しくなってな」

「ふん、なに言ってんだい。傘《かさ》がなかったから、急いで帰ってきたんだろ。それはそうと、さっき用事があって二階に行ったら、男の顔を描いた絵があったね。あれは、どうしたんだい」

「ああ、あれか。絵師が描いたお尋ね者の人相よ」

辰治が応じる。

一階が店舗と女中部屋、台所、便所で、二階が夫婦の居室になっていた。

湯屋に行くに際して、辰治は懐《ふところ》に入れていた似顔絵や十手《じって》を二階に置いたのだ。その際、似顔絵を広げ、その上に十手を重しにしてのせた。

お常はたまたま二階に行ったとき、似顔絵に気づいたのであろう。

しかし、亭主の返答を冗談と受け取ったようである。

「お尋ね者の人相だって。なに頓智《とんち》気《き》な冗談を言っているんだい。あたしは、ひと目見て、ハッとなったよ。なんだか、トクさんに似た顔だと思ってね」

「えっ、おめえ、トクを知っているのか」

辰治が叫んだ。

亭主の顔つきに、お常がたじたじとなる。

「なんだい、すごい形相《ぎょうそう》をして。びっくりするじゃないか」

「トクって、誰だ」

「トクさんは、南部屋《なんぶや》の徳之助《とくのすけ》さんさ」

「おめえの昔の色男か、それともいまの間男《まおとこ》か」

「まったく、おまえさんも、とんだ間抜けだね。いい歳をして、焼餅《やきもち》を焼くんじゃないよ。

浅草並木町《なみきちょう》にある、南部屋という汁粉屋の倅《せがれ》だよ」

「なぜ、知っている」

「同業だからね。南部屋の女将のお北《きた》さんとは、古い付き合いさ。同じ商売をしているだけに、砂糖や小豆《あずき》を融通《ゆうずう》しあうこともあってね。

徳之助さんが使いで、うちに来たこともあるよ。そのとき、おまえさんは外をほっつき歩いていたから、顔は見てないと思うけどね」

「外をほっつき歩くとは、なんてえ言い草だ。お上《かみ》の御用だぞ。まったく、口の減らない女だ」

「それはそうと、なぜ、徳之助さんの顔が絵になっているのだい」

辰治ははやる気持ちを抑えるため、呼吸を整える。

顔つきも口調も変え、静かに言った。

「お尋ね者だ。これは冗談ではないぞ。

お澄という十六歳の娘を絞め殺した。トクさんと呼ばれていたことしかわからなかったので、似顔絵を作って探していた。

灯台下暗し《とうだいもとくら》とはこのことだぜ。

トクをおめえが知っていたとはな」

辰治はしみじみと言った。

いっぽう、お常は急に心配になったようである。

「で、おまえさん、徳之助さんをどうするつもりだい」

「どうするも、こうするもねえ。召し捕る」

「徳之助さんが人を殺したというのは、本当なのかい。間違いってことはないかい」

「もし間違っていたら、すぐにわかる。首実検をすればいいからな。

三人もの人間が、トクという男の顔を見ているのだ。八百屋の夫婦と下女だ。

それをもとに、似顔絵を描いたわけだ。

お上から十手を預かる俺としては、徳之助を召し捕らざるをえない」

辰治の口調は断固としていた。

お常は手で前垂れを、ぐっとつかんでいた。

その手をゆるめ、静かに言った。

「そうだね、それが、おまえさんの仕事だからね。

だから、目をつぶってやってくれとも、逃がしてやってくれとも言わないよ。

でもね、せめて、情《なさけ》をかけてやっておくれな。

拝《おが》みます、このとおり」

亭主に向かい、お常が両手を合わせる。

辰治は顔をゆがめた。

「どういう意味だ」

「南部屋に表から踏みこんだり、お北さんの目の前で徳之助さんにお縄をかけたりするようなことは、どうかしないでおくれ。

これからの商売に差しつかえるし、お北さんがかわいそうだよ。さっきも言ったように、お北さんとは古い付き合いなんだから」

「よし、わかった。おめえがそう言うなら、できるだけ目立たないように、そっと徳之助を自身番に連れていく。お縄をかけることもしない。

しかし、徳之助が牢屋敷《ろうやしき》に送られるのは同じだぜ。その先は、俺にはどうしようもない。

それで、いいな」

「おまえさん、ありがとう」

お常の声がうるんでいる。

辰治が外を見ると、すでに本降りになっていた。

まずは、十手を懐におさめる。

草鞋《わらじ》に蓑笠《みのかさ》という姿も考えたが、おだやかに連行するのだからと思い直し、足駄《あしだ》を履《は》き、傘を手にした。

「南部屋は浅草並木町だな」

「吾妻橋《あづまばし》のすぐ近くだよ」

「よし、わかった。では、行ってくるぜ」

辰治は傘を差して表に出ながら、子分に声をかけるべきかどうか、迷った。

これまで捕物には、かならず複数の人間であたってきた。しかし、子分を率いれば、いやでも目立ってしまう。

女房の頼みもあり、今回は辰治はひとりで対処することにした。

優男《やさおとこ》のひとりくらい、なんてことはないと高を括《くく》る気持ちもあった。十手を見せて、「神妙にしろい」と一喝《いっかつ》すれば、すぐに徳之助はおとなしくなるであろうと考えていた。

浅草並木町の自身番に徳之助を連行して、今夜は拘留《こうりゅう》する。明日の朝、巡回に来た定町廻り同心の鈴木順之助に報告する。鈴木は、

「おう、お澄殺しをついに突き止めたか。辰治、でかしたぞ」

と、上機嫌に違いない。

自身番で鈴木が徳之助を尋問《じんもん》したあと、小伝馬町《こでんまちょう》の牢屋敷に送る――辰治は雨のなかを歩きながら、今後の成り行きを想像していた。

二

雨脚《あまあし》はますます強くなった。

浅草並木町も人通りは少ない。

南部屋はすぐにわかった。

普段であれば、道に置行灯《おきあんどん》が出ているのであろうが、雨なので店内に取りこまれているようだ。

入口の障子に、

志ら雪《ゆき》志るこ
志ら玉志るこ
なんぶ屋

と書かれていた。

岡っ引の辰治は、「志《し》ら玉《たま》志《し》るこ」は白玉《しらたま》団子を入れた汁粉だろうと思ったが、「志《し》ら雪《ゆき》志《し》るこ」がどんな汁粉なのか、想像もつかなかった。

ともあれ、辰治の女房がやっている金沢屋より、この南部屋のほうが店の規模が大きそうだった。奉公人も数人、いるであろう。

(この雨だからな)

客はほとんどいないはずだと思ったが、辰治は女房と約束した手前もあり、表から入るのは避けた。

勝手口に通じる路地を探す。

路地が見つかると、傘をすぼめて奥に進んだ。

「ごめんよ」

声をかけておいて、油障子を開いた。

台所に、襷《たすき》を掛け、前垂れをした十五、六歳の女がいた。下女であろう。

辰治は、女将のお北ではないのを知って、ややほっとした。

「南部屋だな」

「へい、さようでございますが」

「徳之助という男がいるだろう。ちょいと、呼んでくれ」

「どちらから、いらしたのですか」

「こういう者だ」

辰治が懐の十手をちらりと見せた。

下女がハッと息を呑《の》む。

そのとき、二階に通じる階段の横から人影が飛びだすや、店のほうへ走り去った。

後ろ姿がわずかに見えただけだったが、徳之助に違いなかった。

店の入口から外に逃げるつもりに違いない。

「キャー」

という女の悲鳴と、皿か茶碗《ちゃわん》の割れる音がする。

何人かの客がいた座敷を、徳之助が駆け抜けたのだ。店の入口から外に逃げるつもりに違いない。

(しまった)

辰治は舌打ちしたい気分だった。

これまで捕物のとき、辰治はいつも玄関や裏口など、逃げ道となりそうなところには念入りに子分を配置し、取り逃がしたことは一度もなかった。

ところが、今回は女房の懇願《こんがん》を受けたこともあって、もっとも基本的な備えを怠《おこた》っていた。

大失態《だいしったい》と言えよう。

辰治は急いで路地を引き返し、通りに出る。

徳之助の後ろ姿が見えた。着物を尻《しり》っ端折《ぱしょ》りし、足元は裸足《はだし》だった。

(よし、追いつめるぞ)

辰治も走りだしたが、すぐに足元ががくがくして、転びそうになる。足駄履きだったのだ。

その場で足駄を脱いで左手に持つ。右手にはすぼめた傘を持って、辰治は徳之助のあとを追った。

(そのうち、追いつく)

辰治は自信があった。

しょせんは女たらしの、汁粉屋の若旦那である。身体を動かす仕事はしたことがあるまい。あれほど全速力で走っていれば、いずれ息があがり、へたりこんでしまうであろう。

要は、姿を見失わないことである。

辰治は徳之助の背中を見つめながら、余裕のある速度で、裸足で走った。足の裏から冷えが伝わってくる。ときどき泥が頬《ほお》にまではねた。

徳之助が橋を渡りはじめた。隅田川《すみだがわ》に架かる吾妻橋である。

(しめた。もう、これで逃がすことはない)

辰治は内心でほくそ笑んだ。

追跡にとっていちばん厄介なのが、横丁などに曲がられることである。ところが橋は一本道であり、横に逸《そ》れることはできない。

巾着切《きんちゃくき》りなどの常習の悪人は、巧みに横丁に曲がることで追跡を振りきる。吾妻橋を渡ろうとするのは、徳之助が堅気《かたぎ》であるのを示していた。

辰治が予想したとおり、吾妻橋のなかばにも至らない場所で、徳之助の足がとまった。両手を橋の欄干《らんかん》にかけ、肩で大きく息をしている。立っているのもやっとの状態だった。

徳之助が疲労困憊《こんぱい》しているのを見て、辰治も走るのをやめた。息を整えながら、ゆっくりと近づく。

「おい、徳之助、もう、逃げられねえぞ。神妙にしろい」

徳之助が振り向いた。

全身、ずぶ濡れで、あちこちに泥がこびりついている。髷《まげ》は乱れて、ざんばら髪になっていた。

まるで歌舞伎の舞台のような、凄絶《せいぜつ》な色男である。

「なぜ、お澄を殺した。てめえにも、言い分はあろう。おとなしくお縄にかかれば、てめえの言い分も聞いてやるぞ」

「どうせ、打ち首になるのはわかっている」

「そうかもしれぬ。わっしは、安請《やすう》け合いはしねえぜ。

どうせ打ち首になるにしても、その前に、てめえも、言いたいことを言ったらどうだ。殺されたお澄にも落ち度はあろうよ」

相手を落ち着かせるように宥《なだ》めながら、辰治がゆっくりと距離をつめる。

いざとなれば、右手に持った傘か、左手に持った足駄で頭を殴りつけるつもりだった。

徳之助が欄干から身を乗りだす。

（いかん）

辰治は傘と足駄をその場に放りだし、徳之助を抱き留めようとした。

しかし、わずかに指先が届いただけだった。徳之助の身体は欄干を越え、落下していく。

ザブーンという水音が響いた。

辰治が見おろすと、いったんは大きく広がった波紋が、叩《たた》きつける水滴でしだいにかき消されていく。

徳之助の体は浮きあがることはなかった。

「おい、人が飛びこんだぞ」

橋の上で誰かが叫んでいる。

それに応じて、何人かが水面をのぞきこんでいた。

雨が降っているため、出ている舟も少ない。水音を聞いて漕《こ》ぎ寄せてくる舟もなかった。

辰治はぶるっと身震いをした。

全身、濡れ鼠《ねずみ》である。急に寒さを覚えた。

表の障子を開けてぬっと入ってきた辰治を見て、女将のお北は悲鳴をあげそうになった。目には恐怖がある。

あわてて、辰治が十手を見せた。

「怪しい者じゃねえ。お上の御用を務めている者だ。くわしいことは、あとで話す。ともかく、手ぬぐいを貸してくれ。このままじゃあ、風邪をひいちまう」

お北が下女を呼び、ありったけの手ぬぐいを用意させる。

辰治は土間に立ったまま、着物を脱いで、ふんどしだけの素っ裸になった。

土間をあがると畳の座敷だが、さいわい客は誰もいなかった。さきほどの騒ぎで、みな帰ってしまったのであろう。

脱いだ着物を手に取り、両手だけを表の通りに出して、着物を絞った。泥水が地面に垂れる着物が皺《しわ》くちゃになるであろうが、しかたがない。

「よろしければ、おあがりください」

お北が座敷にあがるよう勧めるが、その表情は青ざめ、強張《こわば》っていた。

下女から、岡っ引が徳之助を探しにきたことを、すでに聞かされていたのであろう。また、徳之助が泡を食って逃げだしたことからも、不吉な予感があるに違いない。

辰治は、座敷にあがるのは遠慮することにした。これから相手に告げる内容を考えると、あまり好意を受けるわけにはいかない。

「いや、ここでいい。座敷を汚しては申しわけないからな」

下女が用意した手ぬぐいで、濡れた身体を拭《ふ》く。

お北は、辰治の着物を手に取り、

「台所のへっついに火があります。乾かしましょう」

と言い、下女に火の前にかざして干すよう、指示した。

「すまねえな」

本当は、身につけているふんどしも乾かしてほしかった。

だが、辰治はそれを頼むのはさすがに遠慮した。ふんどしは寝小便をしたように濡れ、気持ちが悪いが、我慢するしかない。

身体を拭き終えると、辰治はふんどし一丁で上間に立ったまま、お北に顔を向けた。

「まず、世話になった礼を言う。世話になっておきながら、こんなことを言うのは気が引けるのだが、これがわっしの役目なんでな。悪く思わないでくれ。おめえさんの倅の徳之助は死んだ。ついさきほど、吾妻橋から飛びこんだ。わっしに追われ、逃げきれないと思ったのだろうな」

お北の身体がぐらりと揺れた。

ようやく踏みとどまると、かすれた声で言った。

「徳之助には、どんなお疑いがかかっていたのでしょうか」

「お澄という、十六歳の娘を絞め殺した。痴話喧嘩《ちわげんか》のあげく、カッとなったようだな」

辰治が事件について、最初から説明した。

三人が顔を目撃しており、それにもとづいて絵師が徳之助の似顔絵を描いたことを述べる。ただし、似顔絵から徳之助に気づいたのは女房のお常であることは、あえて言わなかった。

いつしか、お北の背後に初老の男がいる。徳之助の父親であろう。

「わっしは、さきほど、吾妻橋の上で、

『なぜ、お澄を殺した。てめえにも、言い分はあろう。おとなしくお縄にかかれば、てめえの言い分も聞いてやるぞ』

と声をかけた。

ところが、徳之助は自分が殺したのではない、とは言わなかった。つまり、自分が殺したことを認めた。

そして、川に飛びこんだ。あっという間の出来事で、わっしも止められなかった。

徳之助は小伝馬町の牢屋がいやだったのだろうな。自分で死を選んだ。まあ、潔《いさぎよ》い死に方だったよ。

これが、いきさつだ」

「そうでしたか。畏《おそ》れ入りましてございます。倅めが、お上のお手を煩《わずら》わせまして、申しわけもございません」

両親が深々と頭を垂れる。

ふたりにしてみれば、息子が召し捕られる事態にならなかったのは唯一《ゆいいつ》の救いであろう。

「もしかしたら、明日か、明後日か、隅田川に死体が浮きあがるかもしれない。そうしたら、引きあげて、弔《とむら》ってやりな。

さて、わっしは、これで帰る。着物を返してくんな」

下女からまだ生乾《なまがわ》きの着物を受け取り、辰治は土間に立ったまま、そそくさと身につけた。

最後に、亭主が言った。

「ところで、親分、お名前をお聞かせください」

「南町奉行所の定町廻り同心、鈴木順之助さまに手札をもらっている者だ」

辰治は自分の名を告げなかった。

また、女房が金沢屋という汁粉屋をやっていることも明かさなかった。

いずれわかるかもしれないが、当分のあいだは、お北は自分の知り合いである
お常の亭主が息子を追いつめたことを、知らずに済むであろう。

辰治なりの気遣《きづか》いだった。

また、自分は人に恨まれるのは慣れているが、女房のお常を恨まれる人間にはしたくなかった。岡っ引としての辰治の覚悟である。

まだ雨は降り続いていた。

「今日のところは、これで帰るぜ。

お奉行所からなにかお尋ねがあったら、鈴木順之助という同心の名を言いな。

わっしにも、すぐに伝わる。それなりに、わっしも力を貸すぜ」

辰治は足駄を履き、傘をさして家に戻る。

三

すでに雨はやんでいたが、曇天《どんてん》である。

岡っ引の辰治は、浅草新堀端の竜宝寺を目指した。門前の岡田屋を訪ねるためである。

着物はすべて着替えていた。昨日の着物は雨と泥で汚れていたため、洗い張りに出さざるをえなかったのだ。

先日とは異なり、岡田屋の表戸は大きく開けられていた。

中は広い土間になっていて、両側は木枠《きわく》で上下二段に仕切られていた。駕籠《かご》を収納する場所である。

ただし、空白が目立つ。駕籠《かご》はほとんど出払っているようだ。

土間でなにやら仕事をしていた奉公人に声をかける。

「親方は市左衛門といったかな」

「へい、さようで」

「こういう者だ。親方に大事な話がある」

辰治が十手を見せた。

奉公人はいったん引っこんだが、すぐに戻ってきた。

「へい、おあがりください」

土間に草履《ぞうり》を脱ぎ、六畳ほどの畳の部屋にあがる。

左奥に帳場があり、市左衛門が座っていた。

先日、浅草阿部川町の八百屋で顔を合わせたときは、市左衛門は憔悴《しょうすい》しきっていた。

ところがいま、どてらを羽織《はお》った市左衛門は、貫禄《かんろく》十分だった。

やはり、駕籠屋の主人ともなると、多くの駕籠かき人足《にんそく》を配下に置くだけに、強面《こわもて》の一面も必要なのであろう。切った張ったの場面をおさめるのも、駕籠屋の主人の役割なのだ。

「先日の親分ですな。娘のお澄の件でしょうか。その後、なにかわかりましたか」

「殺した男が知れましたぜ」

「えっ、ついに召し捕られたのですか」

「いや、死にました。くわしいことを伝えようと思いましてね」

市左衛門は呆然《ぼうぜん》としている。

ようやく、言葉を発した。

「ここでは、こみいった話はできません。奥に、狭いですが、ちょっとした座敷がございます。そこに、お願いできませんでしょうか」

「わっしは、かまいませんぜ」

市左衛門が声を発して女中を呼び、

「こちらの親分を、奥の六畳の座敷にご案内しろ」

と命じたあと、今度は辰治に言った。

「女房も一緒で、よろしいでしょうか」

「ああ、かまいませんぜ」

辰治が女中に案内されたのは、床の間のある部屋だった。すぐに、茶と煙草盆《たばこぼん》も用意される。

しばらくして、市左衛門と女房のお熊が現われた。

市左衛門はどてらを脱ぎ、羽織に着替えていた。

お熊の顔にはやつれが目立つ。

「堅苦しい挨拶《あいさつ》は抜きに、単刀直入にいきやしょう。

お澄さんを殺したのは、浅草並木町にある汁粉屋・南部屋の倅の、徳之助です。

知っていますか」

「いえ、存じません」

市左衛門が首を横に振った。

いっぽう、お熊は首をかたむけ、記憶を手繰《たぐ》り寄せる。

「汁粉屋ですか。

そういえば、たまたま汁粉屋が話題になったとき、お澄が、

『えっ、どこの、なんという汁粉屋?』

と、妙に熱心に知りたがったことがございました。あたしは、そのとき、ちょっと変だなとは感じたのですが、それ以上は……」

「ふうむ、そのころには、もう徳之助とできていたのでしょうな」

そう言ったあと、辰治が徳之助を追いつめた顛末《てんまつ》を語る。

ふたりはじっと聞き入っていた。

「似顔絵を手がかりに突き止め、浅草並木町の南部屋に召し捕りに向かったのですがね。昨日のことです。

商売の障《さわ》りにならないよう、裏の勝手口から訪ねたのですが、これが仇《あだ》になりやしてね。気づいた徳之助が表から逃げたのです。

もちろん、わっしは追いかけやした。吾妻橋の上で追いつき、

『なぜ、お澄を殺したのか。言い分があるなら言え』

と、声をかけたのですが、徳之助は、

『どうせ打ち首になるんだ』

と捨て台詞《ぜりふ》を残して、橋から川に身を投げました。

まあ、殺しを自白したのと同じですがね。

昨日は雨でしたからな。隅田川も水かさが増しています。おそらく死体はあが

らないでしょうな」

「そうでしたか。わざわざ、お知らせいただき、ありがとうございます。

これからふたりで、墓参りにまいります」

市左衛門が頭をさげる。

そばで、お熊は着物の袖《そで》で目頭を押さえていた。

「では、わっしはこれで」

帰ろうとする辰治を、市左衛門がとどめ、

「親分、これは、あたしどもの気持ちでございます」

と、懐紙《かいし》の包みを渡す。

その厚みから、一両はありそうだった。

どてらから羽織に着替えるとき、すでに用意していたのだ。

「そうですかい。気を遣わせましたな。では、遠慮なく」

辰治はごく当然のように受け取る。

岡っ引は町奉行所に正式に雇われているわけではない。あくまで、同心が私的に雇う存在だった。

そのため、正式な給与はなく、手札をもらっている同心からときどき、小遣い程度をもらうのがせいぜいである。

こうして事件が解決したとき、被害者の親類などからもらう謝礼が、岡っ引の重要な収入だったのだ。

こうした事情は、同心も見て見ぬふりをしていた。

市左衛門とお熊に見送られ、辰治は意気揚々《ようよう》と岡田屋をあとにした。

歩きながら、袖に放りこんだ包みを指先で触る。二分金が四粒のようだ。

（ほう、二両か）

辰治は満足げにうなずく。

＊

道端に屋台の天ぷら屋がいた。

（ちょいと腹が減ったな。天ぷらでも食うか）

辰治は天ぷらの立ち食いをすることにした。

知った人に見られるとちょっときまりが悪いが、このあたりには知人はいないだろうという計算もあった。天ぷらの値段はひとつ四文から六文くらいであり、安い。

ただし、さきほど岡田屋からもらった謝礼を使うわけにはいかない。二分金を出せば、屋台の亭主は、

「小粒でいただいても、お釣りがございません」

と、泣き顔になるであろう。

辰治は財布にある四文銭や一文銭をざっと思い浮かべたあと、屋台の前に立った。

屋台に置かれた大皿を見渡す。

大皿には、串《くし》に刺して揚げた魚介類が並べられていた。

辰治はまず、穴子《あなご》を手にした。串をつまんで、丼の中のタレにつけたあと、口にほおばる。

屋台だけに、魚介類の鮮度は怪しかったが、水溶きした小麦粉をつけ、油で揚げているのでまずは安心である。

穴子の身に甘辛いタレがからみ、美味《びみ》だった。

続いて芝海老《しばえび》、こはだ、貝柱《かいばしら》に手を伸ばす。最後は小鯛《こだい》でしめくくった。

支払いをして辰治が屋台を離れると、やはり近くの屋台で焼き烏賊《いか》を立ち食い

していたお店者《たなもの》と目が合った。

「おや、親分、いつぞやは」

男が丁寧《ていねい》に頭をさげる。

辰治はつい最近、どこかで見た顔だと思った。

「誰でしたかね」

「柳屋《やなぎや》の半兵衛《はんべえ》でございます」

「ああ、そうだったな」

柳屋という小間物屋の手代だった。

似顔絵を持って「トクさがし」をしていたとき、柳屋を訪ねた。その際、辰治の応対をしたのが半兵衛だった。

半兵衛は首から風呂敷包みをからげている。商用の帰りらしい。

「焼き烏賊の買い食いか」

「へへ、悪いところを見られました」

「まあ、わっしも似たようなものだから、おたがいさまだがな」

商家の奉公人はみな住込みである。しかも、供される食事は質素だった。奉公人にとって、商用で外出するとき、屋台店で買い食いをするのがなによりの楽しみなのだ。

連れだって歩きながら、半兵衛が言った。

「人探しは、どうなりましたか。トクとかいう男は知れたのですか」

「ああ、突き止めたよ。ただし、死んだがね」

「あの似顔絵からわかったのですか」

半兵衛が好奇心をあらわにする。

くわしく顚末を聞きたくて、うずうずしているようだ。

だが、辰治は口をつぐんでいる。

気を取り直して、半兵衛が言った。

「そういえば、町内でも人探しがありましてね」

「ほう、迷子か、駆け落ちか」

「いえ、町内に伊勢屋《いせや》という質屋があるのですが、そこの番頭が行方知れずになりましてね。伊勢屋は番頭を探して、大騒ぎですよ」

「それこそ、番頭は店の金を盗みだして、どこかの女と駆け落ちしたのだろうよ」

「伊勢屋でも、まずそれを疑ったようです。そこで、旦那が蔵の中まで調べたそうです。質屋だけに、預かり物が盗まれると信用にかかわりますからね。

ところが、蔵からなくなっている物はなかったとか。また、番頭の着物なども部屋にそのままになっていたそうでしてね。

人を出して、番頭が立ちまわりそうな場所を方々、訪ねたそうですが、まったく手がかりがないそうでして」

「いまだに行方知れずか」

「へい、忽然《こつぜん》と姿を消してしまったわけです。

いまでは、天狗《てんぐ》にさらわれたのじゃないのか、とまで言う人がいるくらいでしてね」

「そうか、天狗にさらわれたのじゃあ、わっしの出番はないな」

話を聞きながら辰治は、番頭は殺されて金品を奪われ、隅田川に放りこまれたのかもしれないと思った。

川に放りこまれると、徳之助と同様、死体が発見されないことも多い。

また、隅田川に水死体が浮いていても、見つけた猪牙舟《ちょきぶね》や屋根舟、荷舟などの船頭《せんどう》は面倒に巻きこまれたくないので、棹《さお》で死体を突いて海のほうに流してしまうのも珍しくない。水死体を海に流して、厄介払いをするのだ。

番頭の死体が発見されれば別だが、そうでもないかぎり、岡っ引の出る幕ではなかった。

「もし、姿を消した番頭や伊勢屋に妙な噂《うわさ》でもあれば、わっしに相談に来な。それなりに、力になるぜ。

さて、わっしは、こっちの道を行くぜ」

分かれ道で、辰治が横に折れる。

半兵衛はけっきょくトクの結末を教えてもらえず、不満そうだった。

四

陰間の歌菊が訪ねてきたとき、助太郎の手習いも、お喜代への『解体新書』の講義も途中だった。

沢村伊織は普通の訪問客であれば、「しばらく、待っていてくだされ」と言うところだが、歌菊は自分が治療をした患者である。患者を最優先する方針を標榜《ひょうぼう》していることもあり、ここは中断せざるをえない。

いや、伊織が中断を決める前に、助太郎もお喜代も、もうそれどころではないようだった。登場した陰間の妖艶《ようえん》な姿に、ふたりとも目が釘付《くぎづ》けになっている。

下女のお末も、どう応対してよいのかわからず、

「え、あの、どちらから、おいでになりましたか」

と、おたおたしていた。

いっぽう、お末の亭主で下男の虎吉《とらきち》は、ぽかんと口を開けて歌菊を見つめている。

「先日は、ありがとう存じました」

歌菊が土間に立ち、腰を折った。

やや後ろに、供の若い者がいる。

こうなっては、伊織も応対せずにはいかなくなった。

「せっかく来たのだ。まあ、あがりなさい」

師の言葉に応じて、助太郎とお喜代が机と身体を壁のほうにずらし、歌菊の座る場所を作った。

部屋にあがった歌菊は、伊織の前に座ると、ふたたび丁重《ていちょう》な挨拶をする。

着ている振袖《ふりそで》は、先日とは別な柄だった。生地が裂け、しかも血で汚れたからであろう。

「よく、ここがわかったな」

「口入屋の駿河屋のご亭主からお聞きしました。須田町一丁目の長屋ということだったので、まず、そちらに行ったのです。茂兵衛という大家さんに、先生の家は下谷七軒町と教えられ、あらためてこちらにやってきました」

「そうか、それは手間をかけさせたな。あの日、われらは駿河屋を訪ねた帰りだった」

伊織は自分の想像があたったのを知った。

悪気はなかったのであろうが、駿河屋の主人の万七は周囲に得意げに吹聴《ふいちょう》したに違いない。歌菊はそれを耳にしたのであろう。

「ところで、傷の具合はどうか」

「あのあと、お医者に来てもらい、傷を縫《ぬ》ってもらいました」

「そうか。せっかくだから、私も診《み》よう」

「はい、お願いします」

傷を見せるため、歌菊が片肌脱ぎになる。

襦袢《じゅばん》は緋《ひ》縮緬《ぢりめん》だった。

陰間のきめのこまやかで白い肌を、助太郎はなかば呆然として、お喜代は頰をかすかに染めて見つめていた。

伊織は切傷の縫合《ほうごう》を確かめ、上手とは言えないなと思った。

完治《かんち》しても、醜《みにく》いひきつれが残るであろう。外科手術にあまり経験のない漢方《かんぽう》医《い》が縫合したに違いない。しかし、口にはしなかった。

「うむ、順調に治《なお》っている。もう、着物を着てよいぞ」

「はい、ありがとう存じます」

歌菊が着物の袖に腕を通し、襟元《えりもと》を整える。

その様子を、助太郎とお喜代が見とれていた。

「そもそも、黒川とかいう侍は、なぜ逆上《ぎゃくじょう》したのか」

「みなは乱心と言っていましたが。

ああいう騒ぎは、珍しくはないのです。もちろん、刃傷沙汰《にんじょうざた》になることは滅多《めった》にありませんが」

歌菊はかすかに眉をひそめ、言葉を濁《にご》す。

くわしくは言いたくないようである。

陰間をめぐる嫉妬《しっと》なのかもしれなかった。

遊女をめぐる立引《たてひき》や騒動はよくある。陰間をめぐって、立引や騒動があってもおかしくないであろう。

「そなたに斬《き》りつけ、怪我をさせたわけだが、黒川どのはどうなったのか」

「御家人《ごけにん》の倅だったそうです。自身番がお屋敷に知らせたので、黒川家から人が身柄を引き取りにきたようです。

引き取りにきた人と、あたしの旦那さまが交渉し、内済《ないさい》になりました。事件を表沙汰にせず、おさめたのです」

内済と言えば聞こえはいいが、要するに黒川家は金で事件を揉《も》み消したのである。

幕臣の不祥事《ふしょうじ》にはよくあることだった。

「ふうむ、なるほどな」

伊織は、歌菊自身は見舞金をもらったのかどうか気になったが、そこまで聞くのは遠慮した。

歌菊が居ずまいを正した。

「じつは、今日、おうかがいしたのは、先日のお礼を申しあげたかったのはもちろんですが、もしかしたら、お役に立てるかもしれないと思ったものですから」

「どういうことかな」

「先生は人探しをしておられるとか」

「さよう。しかし、いまのところまったく手がかりはない」

「駿河屋の万七さんにうかがったところ、螺鈿細工《らでんざいく》の煙管筒《きせるづつ》の絵があるとか」

途端に、お喜代の顔に緊張が走る。

伊織はまだお喜代に、口入屋の駿河屋で絵を見せたことを話していなかったのだ。

「うむ、それが気になるのか」

「はい、ちょっと心あたりがあるのです」

伊織は内心、まさかと笑った。

そうそう都合のよい偶然があるものではない。

しかし、考えてみると、遊女が多くの男と接するのと同様、陰間も多くの男と接する。どこかで出会っていてもおかしくはなかった。

また、シンが男色の好みもあったとすれば、女色は安囲《やすがこ》いで済ませていたのも納得がいく。

「そうか、では、念のため、見てもらおうか」

伊織はお喜代に、よけいなことは言うなと目配せをしておいて、二階にあがった。


お喜代の描いた絵は、目立たないよう、医書のあいだにはさんでいた。

鑰《かぎ》は薬箪笥《くすりだんす》の薬草のあいだに隠している。

伊織は絵だけを取りだし、階段をおりた。

ちょうど、下女のお末が歌菊に、茶と薄雪煎餅《うすゆきせんべい》を勧めているところだった。薄雪煎餅はお喜代が手土産《てみやげ》に持参したものである。

「お口に合いますかどうか」

いつになく、お末がおずおずとしている。

陰間を間近に見るのは初めてなのであろう。男として接してよいのか、女として接してよいのか、戸惑っているのかもしれない。

伊織は座るや、

「これが煙管筒。ほかにもある。見覚えはあるか」

と、まず煙管筒の絵を渡し、続けてほかの絵も渡す。

歌菊は一枚、一枚、ながめたあと、きっぱりと言った。

「煙管筒と煙管、それに煙草入れは見覚えがあります。財布や手ぬぐいは、覚えていませんが」

伊織は興奮で声をあげそうになったが、懸命に抑える。

まず自分で自分に、落ち着けと言い聞かせた。

そして、冷静に考える。

シンは歌菊の前で煙管をくゆらせたに違いない。とすれば、歌菊が煙管筒と煙管、煙草入れを目にしてもおかしくはない。

また、シンは自分の持ち物が自慢だったであろう。人に見せつけるようにしていたのは充分に考えられる。

もちろん、煙管筒だけであれば、確実とは言えない。世の中には、同じような螺鈿細工の煙管筒を持つ男はいるであろう。

しかし、煙管と煙草入れも見覚えがあるという。

三点が一致するとなれば、ほぼ確実と言えるのではなかろうか。

お喜代も、自分の描いた絵が人物の特定につながりそうなのを知り、顔が紅潮している。

伊織はどう表現してよいのか一瞬、迷ったが、ずばり聞くことにした。

「それらの品を身につけていたのは、そなたの客か」

「いえ、あたしの客人ではなく、千代菊《ちよぎく》という若衆《わかしゅ》の客人でした。あたしは料理屋の宴席で一緒になったのです」

千代菊は同輩《どうはい》であろう。

歌菊は陰間と言わず、若衆という表現を使った。

「先日の、尾張屋《おわりや》という料理屋か」

「いえ。やはり芳町の、青柳《あおやぎ》という料理屋でした」

「客の名は覚えているか」

「おそらく、三左衛門《さんざえもん》ではないでしょうか。もうひとりの客人が、

『おい、サンザ』

と、呼んでいましたから」

「ほかの男と一緒だったのか」

「はい、加藤《かとう》というお武家です。三左衛門さんが、

『カトウさま』

と呼んでいましたから。

加藤さまは膳所《ぜぜ》（滋賀県大津市《しがけんおおつし》）のお方ですね」

「ほほう」

伊織は驚きの声を発しながらも、急に疑念が湧いてきた。

歌菊は宴席に同席しただけで、どうして、これほどくわしく知っているのか。

また、なぜ、これほどきちんと覚えているのか。

もしかしたら、これには裏があるのではあるまいか。

にわかには信じがたい気がする。

謀略《ぼうりゃく》で誘導しようとしているのではあるまいか。歌菊の背後に、誰かがいて操《あやつ》っているのではあるまいか。

言葉を選びながら、伊織が疑問を口にする。

「なぜ、そなたは、その侍が膳所の人間だとわかったのか」

「加藤さまの言葉でわかったのです。

じつは、あたしは膳所の百姓の倅《せがれ》です。十一歳のときに売られて、江戸に連れてこられたのです。それから、陰間の修業をしました」

歌菊は笑みを含んで、さらりと言った。

しかし、伊織は少なからぬ衝撃を受けた。

助太郎とお喜代も同様であろう。ふたりとも、なんともつらそうな顔をしている。

遊女の多くは、農村の貧農の娘である。貧しい親が、口減《くちべ》らしと、まとまった金を得るために、幼い娘を女衒《ぜげん》を通じて妓楼《ぎろう》に売るのだ。

陰間の事情も同様と言えよう。貧しい家に生まれた見目麗《みめうるわ》しい男の子は、陰間茶屋に売られたのである。

「すまぬ、悪いことを聞いてしまったな」

「いえ、お気になさることはありません。本当のことですから。

それに、いまでは江戸に出てきてよかったと思っております。膳所にとどまっていれば、一生、貧乏暮らしでしょうから。

そんなわけで、十一歳まで膳所で暮らしていましたので、まだ耳が覚えていたのですね。あたしは宴席で加藤さまの言葉を聞いて、急になつかしくなり、

『もしえ、膳所のお方ですか』

と、尋ねたのです。

すると、加藤さまはかなり、うろたえていましたね。

あたしが、自分も膳所の生まれだと言うと、ようやく納得したようでしたが、言葉を濁していました。

相手があまり触れてほしくない話題なのだなとわかったので、あたしもそれ以上は言いませんでした。

そんなことがあったので、あたしも覚えていたのです」

「なるほど」

伊織は腕組みをする。

「お茶を代えましょう」

話が一段落したのを見て、下女のお末がそれぞれの茶碗に茶をそそぐ。

見るともなしに茶がそそがれるのをながめながら、伊織は考えをめぐらした。

お近との房事《ぼうじ》のあと腹上死した旦那のシンは、三左衛門と称していたに違いあるまい。

また、行方不明になった三左衛門を懸命に探しているのは、膳所出身の浪人、加藤であろう。

口入屋の主人の万七が上方訛《なま》りと感じたのは、膳所の言葉だったのだ。

（加藤が三左衛門の行方を追っているのは、鑰が目的ではあるまいか。とすると、ふたりは、なんらかの悪事にかかわっていそうである。

最悪の場合、長屋のお近やお関、大家の茂兵衛にも危険が及ぶかもしれぬな。

どこかの時点で、同心の鈴木順之助や岡っ引の辰治に、相談すべきかもしれない）

はっと我に返ると、いつしか歌菊とお喜代、助太郎の三人で楽しそうに談笑している。師匠が黙然《もくぜん》として考えこんでいるため、三人は勝手におしゃべりをはじめたようだ。

もう手習いや、『解体新書』の講義どころではないようだった。

五

岡っ引の辰治が現われたのは、ちょうど陰間の歌菊が帰り支度をはじめたときだった。

いつもは遠慮のない辰治が、入口の敷居のところに棒立ちになり、唖然《あぜん》としている。

無理もなかった。

上框《あがりかまち》には、お喜代の供をしてきた丁稚の平助と、歌菊の供をしてきた若い者が腰をおろし、土間はふさがっていた。

また部屋には沢村伊織、お喜代、助太郎、それに歌菊がいる。さらに、室内には下女のお末と下男の虎吉もいた。合わせて六人である。

「先生、いったい、どうなっているんですかい。後家さんに加えて、今度は陰間を弟子《でし》にしたのですか」

辰治がずけずけと言う。

後家がお喜代を指しているのはもちろんだが、歌菊をひと目、見ただけで陰間と見抜いていた。

若衆髷と、化粧した顔と、華麗《かれい》な振袖で判断したのであろう。やはり、岡っ引の眼光は鋭い。

いっぽう、歌菊の態度はおだやかで、とくに反発する気配もない。辰治を無視していると言ってもよかった。

「では、これで失礼します」

歌菊が供の若い者と帰っていくのを見送り、辰治が入れ違いのように部屋にあがってきた。

伊織の前に座ると、さっそく言った。

「あの陰間、痔《ぢ》の治療を受けにきたのですかい」

辰治は興味津々のようだ。

ただし、質問内容はいつもながら下品だった。お喜代がいても、なんらはばかるところがない。

陰間は肛門性交をするため、痔を患《わずら》う者が多いと言われていた。辰治の質問は、そんな俗言を踏まえている。

伊織は感情を抑え、淡々と言った。

「診察や治療ではありませんでね。まあ、あとでくわしく話しますが。その前に、親分の用件はなんですか」

そう言いながら、伊織がそばの助太郎とお喜代のほうを見る。

辰治の登場に、ふたりは目を輝かせていた。事件への期待である。

ふたりの期待がわかったのか、辰治は苦笑した。

「今日は、先生に検死をお願いにきたのではありやせんでね。先日、お喜代さんに、トクという野郎の似顔絵を描いてもらいましたね。その後日談とやらを語りにきたのですよ。

後日談というより、わっしの頓馬《とんま》な失敗談と言ったほうがいいかもしれませんがね」

「では、あの絵は、お役に立たなかったのですか」

お喜代が心配そうに言う。

辰治が目の前で手を横に振った。

「いや、そうじゃありやせん。わっしが迂闊《うかつ》だったのですよ。殺されたお澄の友達に、お染という娘がいました。そのお染が、

『トクさんの家は、女の客が多い商売らしい』

という意味のことを言いましてね。

それで、わっしはてっきり、小間物や化粧の品を扱う商売だと睨《にら》んだのですよ。そこで、浅草や下谷一帯のそういった店を訪ね歩いていたのですが、すべて無駄足でした。さすがに、わっしも半分、あきらめかけましたよ。

日頃、わっしは岡っ引稼業については女房にはいっさい話をしないのですがね。たまたま家に置いていたトクの似顔絵を、女房が目にしたのです。そして、女房がトクを知っていたのです。

なんと、浅草並木町の、南部屋という汁粉屋の倅でした。名は徳之助。トクは徳之助だったのです。

たしかに、汁粉屋も女の客が多い商売です。

わっしは、なまじ自分の女房が汁粉屋をやっていたため、汁粉屋にはまったく目を向けていなかったのですよ。まったくもって、迂闊でした。

もちろん、鈴木の旦那には、自分が見当違いをしていたことは触れず、

『旦那、ついに、トクの野郎を突き止めましたぜ』

と言いましたがね」

辰治が笑った。

手札をもらっている同心の鈴木順之助には、岡っ引としての有能さだけを誇示《こじ》したことになろう。

いっぽうの鈴木も、ある程度は見抜いているであろうが。

伊織が言った。

「それで、その徳之助は召し捕ったのですか」

「そこですよ、またもや大失態でしてね」

辰治が、徳之助を追ったものの、吾妻橋から隅田川に身投げされた顛末を語る。

そばで聞きながら、助太郎はいかにも残念そうだった。自分も捕物に加わりたかったのであろう。

「すると、徳太郎がお澄を殺したのは確実としても、本人の口から、なぜ殺した

かは聞きだせなかったわけですな」

「残念ながら、できませんでした。

　しかし、わっしのこれまでの経験からすると、みな、自分に都合のいい言いわけをしますぜ。いわば『死人に口なし』ですから、下手人はいくらでも身勝手なことが言えますからな」

「たしかに、徳之助は、お澄がすべて悪いように言ったかもしれませんな」

　伊織は、なまじ徳之助の自白があれば、かえって動機がわからなくなったかもしれないと思った。

　大切なのは、徳之助がお澄を殺したという事実であろう。

「で、死体は見つかったのですか」

「いや、見つかっていません。海に流れていけば、もう見つけるのは無理でしょうな。

　しかし、川の底に沈んでいれば、何日か経って、土左衛門《どざえもん》になって浮かびあがるかもしれません。しばしば、そんな例がありますからね。

　そうだ、お喜代さん、おめえさんは徳之助の似顔絵を描いたわけだが、もし死体が見つかれば、見物に来ますかい。

土左衛門になると顔がどう変わるか、見るのも悪くはないですぜ。いや、一度は見ておいたほうがいいでしょうな。

まあ、絵師の修業と思いなせえ」

伊織は、また辰治の悪趣味な冗談がはじまったと思った。

ところが、お喜代も助太郎も興味津々である。

「土左衛門になると、そんなに顔が変わるのですか」

お喜代が真面目に尋ねる。

辰治は自分の頰に両手をあてた。

「腐《くさ》って、顔は赤紫色《あかむらさきいろ》に膨《ふく》らみましてね。目が飛びだし、唇は膨れあがっています。まるで鬼《おに》や仁王《におう》のような顔になっていましてね、無残《むざん》なものですぜ。

腹もぷっくり膨れていましてね。身体中の皮膚《ひふ》が、あちこちで剝《は》がれています。

魚や蟹《かに》に喰われて、骨が見えていることもありますな。

すごいのは、臭《にお》いでしてね。あの臭いを嗅《か》ぐと、しばらく飯が食えませんな。

ところで、水死体は、女は仰《あお》向《む》け、男はうつぶせという説があります。男はへのこと金玉が重しになるので、うつぶせという落ちなのですがね。

あれはまったくの噓《うそ》ですぜ。

わっしは、これまでたくさん土左衛門を見ていますが、男も女もたいていうつぶせで浮かんでいますよ。

そうそう、思いだした。
二、三年前の夏でしたがね。
隅田川の河岸場《かしば》の棒杭《ぼうくい》に、女の土左衛門が引っかかっていましてね。このときも、うつぶせでしたが。

ともかく、引きあげようということになったのですよ。岸から手の届くくらいのところに、土左衛門の右手がありました。

それを見て、鈴木の旦那がこう言いました。

『おい、辰治、土左衛門の右手をつかんで引きあげてみろ』

わっしは気が進まなかったのですが、同心の命令ですから、しかたがありやせんや。

土左衛門の右手をつかんでぐいと引っ張ったところ、肩のあたりから手がずぼっと抜けましてね。あれには、驚きましたぜ」

辰治が手振り身振りで、土左衛門の手が抜けた様子を示す。

お喜代の顔が青ざめていた。吐《は》き気を催《もよお》しているようだ。

助太郎もさすがに顔をしかめている。

「親分、土左衛門の話はもう、そのあたりで」

見かねて、伊織がとどめた。

辰治は笑いをこらえながら、さきほどお末が歌菊に出した薄雪煎餅の残りを手に取り、うまそうに食べはじめた。

徳之助の一件が終わったところで、伊織がやおら話題を変える。

「親分、ちょいと長くなりますが、聞いてくれますか」

「いいですぜ。この煎餅を食い終わるまでとは言いやせん。最後まで話しておくんなさい」

「須田町の長屋で、私の二回目の診察の日でした。長屋で男が腹上死をしましてね。これが、そもそもの発端《ほったん》なのです」

そして、これまでの経過と、さきほどの歌菊からもたらされた事実までを語った。

じっと聞き入っていた辰治は、う〜ん、とうなりながら、両腕を組んだ。

眉根《まゆね》に深い皺が寄っている。岡っ引の勘がなにかを告げているのかもしれない。

「たしかに、怪しい話ですな。なにか、裏がありそうですぞ。

ともあれ、お喜代さんの描いた絵を見せてください」

辰治に絵を渡したあと、伊織はいったん立ちあがり、二階の薬簞笥の中から複製の鍮を取りだしてきた。

絵をながめていた辰治が、戻った伊織に言う。

「わっしが持っている煙草道具より、はるかに値が張る品ですぜ。ふうむ、金まわりのいい野郎だったようですな」

「これが、煙草入れの中に隠されていた物です」

伊織が鍮《かぎ》を示した。

受け取った辰治はしげしげとながめる。

「なるほど、蔵の鍮の先端部分のようですな。

わっしは盗賊に破られた蔵を見たことがありやすが、蔵破りは大変な労力ですぜ。分厚い蔵の壁を壊すのですからね。

真っ昼間、盛大に音を立てていいのなら簡単でしょうが、夜中、店の者に気づかれないように、こっそり蔵の壁を壊すのは、並大抵ではないでしょうな。

ところが、鍮さえあれば、そっと蔵の扉を開けて、中に忍びこめるわけですが……。

腹上死したシンという野郎は、なにをたくらんでいたのでしょうな。

ところで、先生、腹上死というのは、本人はある程度、予測できるものですか」

「予測はできないと思います。だからこそ本人は、

『俺はまだまだ達者じゃ』

と思って房事に励み、結果として頓死《とんし》、つまり腹上死するわけです」

「ということは、シンは自分が死ぬとは露《つゆ》ほども思ってもいなかった。この鑰を、いつものように身につけていたわけですな。

つまり、その日、特別な用事があって鑰を用意していたわけではないことになりましょう」

「シンは日頃から、鑰を身につけていたわけです。煙草入れは格好の隠し場所だったでしょうね」

「え、待てよ」

辰治が眉をひそめ、うつむいた。

頭の中のもやもやに焦点をあて、鮮明にしているかのようだ。

伊織は無言で待つ。

ややあって、辰治が顔をあげた。

「思いだしましたよ。

一昨日のことです。小間物屋の手代に聞いたのですがね。町内の質屋の番頭が姿を消し、行方が知れないというのです。

そのときは、軽く聞き流していたのですがね。ちょいと気になりますな。

あの小間物屋は、たしか下谷御切手町《ごぎってちょう》だったな。

ということは、下谷御切手町の質屋、屋号はたしか伊勢屋だった。

つまり、下谷御切手町の伊勢屋という質屋の番頭が、失踪《しっそう》したわけです。

伊勢屋の主人は初め、番頭が蔵の中の金品を盗みだし、逃げたと疑ったようですがね。しかし、蔵の中を調べてみると、紛失《ふんしつ》している物はなかった、とか。

まったく理由のわからない失踪のようですぞ」

「ほう、その番頭の名はわかっているのですか」

伊織は胸が高鳴るのを覚えた。

辰治も同様な気分らしい。

「そこまでは、わっしも知りませんがね。

しかし、匂《にお》いますな。岡っ引の勘ですが、この姿を消した番頭は怪しいですぜ」

「親分、折を見て、その伊勢屋をそれとなく調べてもらえませぬか」

「わかりやした。徳之助の件では、お喜代さんに力を貸してもらいましたからな。そのお返しというわけではありやせんが、伊勢屋を探ってみやしょう」

「では、その伊勢屋に踏みこんだりする場合、あたしもご一緒してよろしいのですね」

すかさず、お喜代が、いざというときの同行を求める。

伊織は困惑したが、考えてみるとシンの持物の絵を描いたのはお喜代であり、その貢献《こうけん》は大きい。

「まあ、危険がなければ、よいでしょう」

そばで、助太郎は目を輝かせている。

当然、自分は同行すると信じているようだ。

六

須田町の長屋の大家である茂兵衛が訪ねてきたのは、もう日暮れが近いころだった。

沢村伊織は相手の顔つきから、切迫《せっぱく》した事態なのを察した。

土間から部屋にあがりながら、茂兵衛が下女のお末に言った。

「水を飲ませてくださいな。必死で歩いてきたものですから、喉《のど》がからからでしてね」

「お茶もありますが」

「いえ、まずは水を飲ませてください」

茂兵衛の要望に応じ、お末が台所の水瓶《みずがめ》から柄杓《ひしやく》で水を汲《く》んで、丼にそそいだ。

丼を受け取った茂兵衛は水を飲み干し、ふーっとため息をついた。丼を横に置いたあと、あらためて伊織に対面する。

「先生、来ましたぞ、来ましたぞ。ついに、来ましたぞ」

「誰が来たのですか」

「先生、そんな悠長《ゆうちょう》なことを言っている場合ではありませんぞ。シンをさがしているお武家が、ついにあたくしのところに来たのです」

茂兵衛はまさに口角泡《こうかくあわ》を飛ばす勢いである。

伊織は相手の興奮を鎮めるように、静かに言う。

「人の生死がかかわっていれば別ですが、そうでもなければ、最初から順序だてて話してください」

「まあ、そうですな。たしかに、人の生死がかかわっているわけではありません。ひとりで、いきりたって、失礼しました。

先生の次の一の日が待ちきれなかったものですから、あたくしのほうから押しかけてきたわけです」

茂兵衛もようやく落ち着きを取り戻した。

お末があらためて、茶と煙草盆、そしてお喜代が持参した薄雪煎餅の残りを出す。

煙草盆の火入れの火で煙草に火をつけ、煙管で一服したあと、茂兵衛が語りはじめた。

「順に話しましょう。

先生が先日、応急の手当てをした、芳町の歌菊という陰間が、今朝、長屋に来ました。先生を訪ねてきたのですがね。先日の礼を述べたいようでした。

そこで、あたくしが下谷七軒町の住まいを教えました。

歌菊はここに来ましたか」

「はい、来ましたぞ。ついさきほど、帰りましたがね」

「そうでしたか。まあ、それはそれとして、ここからが本題です。

今日の九ツ（正午頃）過ぎ、人が、あたくしの家を訪ねてきましてね。見ると、お武家でした。羽織袴《はかま》の姿で、腰に両刀を差していましてね。

『そのほうが、この長屋の大家か』

『へい、さようでございます。茂兵衛と申します』

『拙者は加藤と申す。ゆえあって、家名は申せぬ。ちと、そのほうにうかがいたい儀がある』

という具合でしてね。

あたしはすぐに、先日、口入屋の駿河屋に人探しにきたというお武家のことを思いだしました。

本心では追い返したかったのですが、相手がお武家では、そうもいきません。

そこで、いちおう、応対することにしたのです。実際は冷や汗をかきながらでしたがね」

「どこかの藩の家臣か、大身《たいしん》の旗本の家来という、いでたちだったわけですね」

「そうそう、駿河屋の主人が、お武家には上方訛りがあったと言っていましたな。あたくしのところに来たお武家にも、ちょいと訛りがありました。あれが上方訛りに違いありますまい」

「とすると、旗本の家来ではなく、どこやらの藩の家臣ですね。あるいは、家臣をよそおっていたのかもしれませんが。

それで、どうなったのですか」

「お武家が言うには、

『近頃、この長屋で商人らしき男が頓死したと聞いた。どうも、拙者《せっしゃ》が探している男ではないかと思うのだが』

ということでしてね。

あたくしは内心、『ついに来た』と叫びましたよ。もう、逃げだしたい気分でしたが、ぐっとこらえましてね。できるだけ平静をよそおいました。

『亡くなったのは、紺屋町の紙問屋・星野屋の番頭の新兵衛ということだったのですが、先方に知らせにいくと、紺屋町には星野屋という紙問屋はなかったのですよ。おそらく、新兵衛という名も偽名《ぎめい》でございましょう』

するると、お武家は懐から紙を取りだし、

『死んだ男は、こういう顔ではなかったか』

と、あたくしに突きつけてきました。

駿河屋の主人が言っていた似顔絵に違いありません。

ひと目見て、あたくしは吹きだしそうになりました。お喜代さんとくらべると、なんとも下手な絵でしてね。

しかし、あたくしは新兵衛さんの顔を実際に見ていますからね。そう思って見ると、どことなく新兵衛さんに似ている気もしてきましてね。

しかし、ここは迂闊なことは言ってはいけないと思ったので、こう言いました。

『亡くなった新兵衛さんとは似ていないようでございます。

ところで、お武家さまはどうして、その絵のお方をお探しなのですか』

『くわしいことは申せぬが、お家の大切な品をこの者が預かったまま、行方が知れなくなった。ほとほと困り、こうして拙者が尋ね歩いておるわけだ。で、長屋で死んだ新兵衛とやらの遺体はどうしたのか』

『いわば身元不明の行き倒れ人ですから。大家のあたくしが世話をして、寺に葬《ほうむ》りました。無縁仏《むえんぼとけ》でございますな』

『ほう、それはご苦労だったな。

葬られてしまったからには、もう顔を見ることはかなわぬわけだが、その者が身につけていた品があったろう。財布などじゃ。それを見れば、拙者が探している男かどうか、わかるはずじゃ。

そうした、いわば遺品はどうなったのか』

『あとで、紛失しただの、盗んだだのという騒ぎが生じてはいけませんから、あたくしがまとめて町内の自身番に届けました。その後、町役人があらためてお奉行所に届けました』

『なに、奉行所に届けたのか』

そう言いながら、お武家の目がギラリと光りましてね。

あたくしは一瞬、ゾッとしましたよ。刀を抜かれるかと思って、小便をちびりそうでした。

じつは、お奉行所に届けたというのは、とっさのごまかしでしてね。本当は、売り払って町内の入用に充《あ》てようかなど、相談の最中なのです」

「ほう、奉行所を持ちだしたのは、なかなかの機転でしたね」

伊織が感心した。

茂兵衛は照れ笑いをする。

「機転というよりは、とにかくお武家に早く退散してもらいたい一心でしてね。とっさに思いついた言いわけだったのです」

「加藤と名乗った武士は、シンの遺品が狙《ねら》いだったと思われます。しかも、『財布などじゃ』と言い、煙草入れには言及していません。これは、意図的だったのではないでしょうか。

いわば、『問うに落ちず語るに落ちる』です。

加藤どのが本当に探していたのは、煙草入れだったのです。しかし、それを悟られたくなかったのではないですかな」

「ということは、真の目的は、煙草入れの中の鑰というわけですか」

「おそらく、そうでしょうな」

「加藤というお武家が、シンが隠し持っていた鑰を探し求めているというわけですな。なんのためでしょうか」

「まだ、わかりません。しかし、私はなかばば、わかりかけてきた気もします」

「あのお武家は、また、あたくしのところに押しかけてくるでしょうか」

茂兵衛は不安そうである。

伊織がきっぱりと言った。

「いや、もう二度と来ることはないでしょう。お手前が奉行所を持ちだしたのがよかったのです。

加藤どのはもう鍮には手出しができなくなったのを知り、別な方法を考えるはずです」

「そうですか、先生にそう言ってもらえると、安心しました。

さて、お邪魔しましたな。

おや、もう、日が沈みかけていますね」

茂兵衛が外を見て、驚いている。

須田町に帰りつく途中で、真っ暗になるであろう。

「では、提灯《ちょうちん》をお持ちなさい。

先日、芳町の尾張屋という料理屋から渡された提灯があります。あれを、お持ちなさい」

「しかし、あの提灯には芳町とか、尾張屋という屋号も書いてありましたぞ。加藤というお武家に見られると、怪しまれるかもしれません」

「もう、かまいますまい。言い方は悪いですが、加藤どのにとってもう、お手前は用済みですぞ」

「そうですな、あたくしから鍵を取り返すことは、できないのですからね」

茂兵衛はようやく安心したようだ。

お末が提灯の用意をしてやる。

蠟燭《ろうそく》に火がともるのを見ながら、茂兵衛が取り越し苦労をした。

「お武家の心配はなくなりましたが、今度は長屋の連中が心配ですな。提灯の芳町を見て、あたくしがついに陰間買いをはじめたと、邪推《じやすい》する者がいるかもしれません。

ただでさえ今日、歌菊があたくしのところに来て、長屋じゅうの評判になっているくらいですよ。実際は、陰間は先生を訪ねてきたのですがね。

う～ん、妙な噂が流れるのは迷惑だな。

長屋の女どもはみな、噂話が好きでしてね。誰と誰が怪しいなんて話になると、それこそ盛りあがっていますよ」

ぶつぶつ言いながら、茂兵衛が帰っていった。

伊織は二階でひとりになり、最初から考え直してみた。

須田町の長屋で、妾《めかけ》のお近との房事のあと、紺屋町の紙問屋・星野屋の番頭の新兵衛が腹上死した。しかし、星野屋も新兵衛も偽名だった。

この新兵衛の正体は、下谷御切手町の質屋・伊勢屋の番頭に違いあるまい。名は三左衛門だろうか。とりあえず、三左衛門としよう。

死んだ三左衛門には遺品があった。

遺品は身元の確定にはつながらなかったが、煙草入れの中に鍮らしきものが隠されていた。これは、伊勢屋の蔵の鍮の複製であろう。

なぜ、三左衛門は鍮の複製を隠し持っていたのか。

普通に考えれば、蔵に忍びこんで金品を盗みだすためであろう。

しかし、蔵の中の金品を盗みだした形跡がないのが、謎《なぞ》につながっていた。

質屋では質草を出し入れするため、正式な鍮を携帯できる主人が手代や丁稚をともない、けっこう頻繁《ひんぱん》に蔵に出入りするであろう。もし紛失している物があれば、そのときに気づくはずである。

ところが、伊勢屋ではこれまでとくに、蔵から金品が盗まれたことはなかった。

現に、三左衛門の失踪後、疑惑をいだいた主人が蔵の中を確かめたが、なにも紛失していなかった。

三左衛門は、伊勢屋の蔵で盗みを働いていたわけではなかったことになろう。

では、なぜ鑰を複製し、隠し持っていたのか。

行灯の明かりの前で、伊織は深沈《しんちん》と考え続けた。

なんのために鑰を複製し、肌身離さず持っていたのか。

頭の中にもやもやが渦巻いている。そのもやもやが、ゆっくりと凝固《ぎょうこ》しはじめた。

ハッと気づいた。

もしかしたら、目的は逆だったのではあるまいか。

蔵から盗みだすためではなく、逆に、蔵に収納するためだったのではあるまいか。

そう考えると、辻褄《つじつま》が合ってくる。

三左衛門の行方を探していた加藤。

加藤は武士のいでたちをし、藩士をよそおっているが、浪人であろう。膳所の出身らしい。

三左衛門と加藤は密接な関係だった。

伊勢屋の蔵には、加藤にとって大事な物が隠されているに違いない。

そのため、加藤は懸命に三左衛門の行方を追っていたのだ。目的は、三左衛門が持っている複製の鑰である。

また、蔵になにか重要な品物が隠されていたのに、伊勢屋の主人が気づかなかったのも説明がつく。

というのは、主人はつねに、蔵からなにかなくなっていないか、目を光らせていたろう。紛失に細心の注意を向けていたのだ。

そのため、減っていたらすぐに気づくが、増えているのには意外と気づかず、見逃《みのが》していたのであろう。人間の心理の綾《あや》である。

伊勢屋の蔵に、加藤にとって大事な物が眠っている。

ところが、ここに至り、状況が変わってきた。

加藤は三左衛門がすでに死亡しており、さらに複製の鑰がもはや手の届かない場所にあるのを知った。

煙草入れの中に複製の鑰が隠されているのに、まだ誰も気づいていないらしいというのが、加藤にとってまだしも慰《なぐさ》めだったであろうが。

もう、複製の鍮は使えない。

となると、使えるのは伊勢屋の正規の鍮である。

加藤はどうするであろうか。

そこまで考えてきて、伊織は「あっ」と低く叫んだ。

事態は切迫していた。

伊織は辰治に、「折を見て、伊勢屋をそれとなく調べてもらえませぬか」と頼んだが、そんな悠長な調べをしている場合ではなかった。

漫然としていると、少なからぬ犠牲者が出るかもしれない。

もちろん、これは伊織の責任でも仕事でもない。

だが、ここまでかかわり、しかも謎を解いた以上、見過ごすことはできなかった。

第五章　質屋の蔵

一

沢村伊織の供をする助太郎は、肩にかけた樫《かし》の棒で風呂敷包みをかついでいた。

伊織が検死に出向く際には、助太郎はこの棒を薬箱の環《わ》に通して、肩にかつぐのが自慢である。下男の虎吉が元大工の腕をふるって、助太郎のために作った、特製の担《にな》い棒兼木刀だった。

ところが、今日は検死ではないため、薬箱はない。このままでは、担い棒の出番はなかった。

そこで、自慢の担い棒を持っていきたい助太郎は、

「その風呂敷包みは、おいらがかついでやるよ」

と、平助が手にしていた風呂敷包みを強引に取りあげたのだ。

平助はお喜代の供で、手にしていた風呂敷包みには画材一式が入っていた。お喜代が出先で、気が向いたときに写生ができるようにするためである。

「助太郎さん、あたしの荷物を持たせてしまって、悪いわね」

お喜代が言った。

助太郎は意気揚々《ようよう》と歩く。

「なあに、このほうが歩きやすいんですよ」

かたや、手ぶらになった平助は、なんともきまり悪そうに歩いていた。

一行の先頭には、岡っ引の辰治がいる。

いままさに、伊織、助太郎、お喜代、平助、辰治の総勢五人で、下谷御切手町の質屋・伊勢屋に向かうところだった。

「親分、急な話で、申しわけなかった」

歩きながら、伊織が謝る。

辰治が片手を顔の前で横に振った。

「なあに、いいってことですよ。たしかに、先生の話を聞くと、一刻も早く伊勢屋に行ったほうがいいでしょうな。戦雲急を告げているのはたしかですぜ。

へへ、『戦雲急を告げる』は昔、講釈場《こうしゃくば》で聞いた『太平記《たいへいき》』や『三国志』で覚えた言葉ですがね。わっしは一度、使ってみたかったのですよ。今回、生まれて初めて使いましたがね。

そのほか、『危急存亡《ききゅうそんぼう》の秋《とき》』というのもありましたね。これは、まだ使ったことがありませんや」

辰治には冗談を言う余裕がある。

やはり、これまで場数を踏んできているからであろう。

伊織は歩きながら、緊張が高まるのを覚えていた。

風に乗って、焼芋《やきいも》の匂《にお》いがただよってくる。

お喜代が助太郎のほうを向いた。

「荷物持ちのお礼に、あとで焼芋をご馳走《ちそう》するわね」

「じゃあ、これから平助どんに代わって、おいらが荷物を持ちますよ」

打てば響くように助太郎が答える。


「あそこですぜ」

辰治が、紺地《こんじ》に白く「伊勢屋」と染め抜かれた暖簾《のれん》を指さした。

伊勢屋は表通りに面していて、かなり間口が広い。

表戸はすべて取り払っているので、店の中は通りから丸見えだった。

狭い三和土《たたき》をあがると、横に広い畳の座敷である。

いましも、上框《あがりかまち》に腰かけた女が、奉公人が応対に来るのを待っている。女のそばには風呂敷包みがあった。質草として持参した着物だろうか。

座敷では、あぐらをかいた職人風の男が、きちんと膝《ひざ》をそろえて座った手代らしき男と交渉中だった。やはりそばに、風呂敷包みがある。

座敷の左奥に帳場格子《ごうし》が置かれ、その内側に主人がいた。大福帳《だいふくちょう》に筆でなにやら記載している。

通りからも、主人の容貌《ようぼう》が見てとれた。四十代の後半で、いかにも気難しそうな、面長《おもなが》な顔をしている。

主人の背後の壁に、大量の紙の束が吊《つ》るされていた。この紙をよって、こよりを作る。そして、こよりの端《はし》に名前や年月日などを書いて、質草に結わえておくのだ。

主人からやや離れた場所に、暖簾がさがっていた。この暖簾の奥が、伊勢屋の生活の場であろう。

辰治が三和土に立ち、近くにいた手代らしき男に声をかけた。

「おい、伊勢屋の主人にちょいと話がある。わっしは、こういう者だ」

懐《ふところ》の十手《じって》をなかば取りだして見せる。

手代が取り次ぐまでもなく、辰治の声は帳場にも届いていたようだ。

主人はすぐに立ちあがり、店先に出てきた。

「あたくしが、主《あるじ》の与右衛門《よえもん》でございます。なにか、お上のご詮議《せんぎ》でございますか」

その態度は丁重《ていちょう》だが、さほど恐懼《きょうく》している様子はない。

質屋にはしばしば盗品が持ちこまれるため、これまでも町奉行所の役人や岡っ引に応対したことがあるのであろう。

「蔵はあるな」

「はい、店の裏手にございます」

「蔵の中を見せてほしい」

「いえ、それは、ちょっと。理由をお聞かせ願わないと、簡単にはお引き受けできかねますが」

「おい、わっしは気を使っているんだぜ。店先で、理由とやらをはっきり言ってもいいのか。聞くところによると、伊勢屋では、番頭の行方が知れないそうじゃねえか」

辰治が声高《こわだか》に言いつのる。

このあたりの呼吸は、辰治ならではだった。

たちまち、与右衛門の顔が強張《こわば》った。

「親分、わかりました。わかりましたので、お静かに願います。

承知しました。では、蔵にご案内します。おあがりください」

だが、いったん店にあがり、中庭にある蔵に行くとなれば、奉公人に履物《はきもの》をまわしてもらわなければならない。さもなければ、てんでに脱いだ履物を手に持つしかない。

「おい、履物のまま、裏手には行けないのか」

「では、裏口から入れますので、ご案内させます」

与右衛門は丁稚を呼び、五人を裏口から蔵に案内するよう命じた。

自分は帳場に戻ると、奥まった場所に置かれた木箱から、木製の柄《え》のついた鑰《かぎ》を取りだす。

鑰を手に、与右衛門は暖簾を分け、奥に入っていった。

二

伊勢屋の主人の与右衛門は庭下駄《にわげた》を履《は》いて、蔵の前に現れた。

岡っ引の辰治が言った。

「番頭の行方が知れないということだが、なんという名だ」

「三三郎《さんざぶろう》でございます。三に三郎と書き、三三郎と読みます」

そばで聞いて、沢村伊織はいささか驚いた。

想像もしなかった名である。

陰間の歌菊はサンザから三左衛門を連想していたが、無理もなかった。加藤が「サンザ」と呼んでいたのは、じつは三三郎の略だったのだ。

また、これで須田町の長屋で腹上死したシンが、三三郎だったことが判明した。

「三三郎は死んだぜ。すでに無縁仏《むえんぼとけ》として葬《ほうむ》られている。

死んだときは、身元が知れなかったからな。おめえさんに知らせることもできなかった。

ところで、三三郎は殺されたわけではないので安心しなせえ。くわしいことは、あとで話すがね」

辰治が三三郎の死を告げる。

与右衛門は一瞬、ハッと息を呑《の》んだが、

「さようでしたか」

と、静かに言った。

すでに番頭の死を予想していたのであろう。

殺されたのではないと知り、ほっとしている面もあるようだ。

「さて、蔵の中を見せてもらおうか」

「はい、かしこまりました」

返事はしたものの、与右衛門は辰治以外の者を見まわし、眉《まゆ》をひそめた。

とくに、お喜代の存在が不審なようだ。

「ところで親分、こちらの方々は……」

「三三郎の死を見届けたのが、こちらの、長崎で修業した蘭方医の沢村伊織先生と、その弟子《でし》だ」

辰治が伊織と助太郎を紹介した。

次に、お喜代と平助を紹介する。

「こちらが絵師のお喜代さんと、その弟子だ。三三郎が死んだとき、どこの誰かわからなかった。そこで、お喜代さんが筆をふるって持物の絵を描き、それをもとに、方々を調べた。そして、最後に伊勢屋の番頭らしいと、たどり着いたわけだ。伊勢屋にたどり着くまで、みながどれだけ苦労したか。並大抵ではなかったぜ。それを聞けば、みなが蔵の中を検分するのに異存はなかろうよ」

辰治がたたみかける。

気圧《けお》されたように、与右衛門が頭をさげた。

「知らなかったこととはいえ、失礼いたしました。あらためて、お礼を申しあげます。もちろん、みなさん、中にお入りください。

では、錠前《じょうまえ》を開けますので」

与右衛門が鑰を手に、蔵の戸前《とまえ》に近づく。

辰治が鑰を見て言った。

「伊勢屋で、その鑰を使えるのは誰だね」

「あたくしと番頭の三三郎の、ふたりだけです。三三郎がいなくなってからは、あたくしひとりでした。

やはり、ひとりでは仕事に差しさわりがありますので、手代のひとりを指名しようかと思っていた矢先でした」

与右衛門が右手に持った鍮で、蔵の戸前にかけられた大きな南京錠《なんきんじょう》を開けようとした。

横から、伊織がとどめ、

「ちょっと、お待ちください。先に、これを試させてください」

と、袖《そで》から取りだした細い鉄の棒を示す。

シンこと三三郎の煙草《たばこ》入れにあった複製の鍮である。

与右衛門はぎょっとした顔になった。

「え、それは、いったい」

「まあ、まあ、このことも、あとでゆっくり話しやすよ。三三郎に絡んだ、こみいった事情がありやしてね。

とりあえず、先生の言うとおりにしなせえ」

辰治が与右衛門を押しのけた。

伊織が右手の親指と人差指で複製鍮を持ち、錠前の穴に差しこんだ。そして、まわそうとするが、まるで手ごたえがない。

正規の鍮であれば、木製の柄がついているため、てこの原理で容易に力が伝わる。

ところが、複製鍮は短いため、指先の力がうまく伝わらないのだ。

みなに注視されているのを意識すると、額に汗が滲《にじ》む。

二本指をあきらめ、左右の手の親指と人差指を添え、四本の指で力をこめる。

ようやく、カチリと音を発して、からくりが外れた。

(よし、やったぞ。思ったとおりだ。やはり伊勢屋の蔵の鍮の複製だった)

伊織は思わず歓声をあげたくなった。しかし、時と場所を考慮し、喜びを抑えて無表情をたもつ。

ところが、辰治の冗談は相変わらず無神経だった。

「ほほ〜ぉ、先生は錠前破りも一流ですな。その技《わざ》も長崎で習ったのですかい」

場所柄をまったくわきまえていない。

与右衛門はまだ事情を知らないだけに、顔が青ざめていた。

「あとは、お願いします」

伊織がうながしたが、与右衛門はためらっている。

「早く開けてくんな」

辰治に急《せ》かされるにおよび、与右衛門がようやく戸前の扉に手をかけた。

扉はゆっくり左右に開いた。分厚い漆喰《しっくい》塗《ぬ》りで、いかにも頑丈《がんじょう》で重そうだった。

戸前の扉の内側に、裏白戸《うらじろど》と呼ばれる引き戸がある。厚板の表面に刻みを入れ、白漆喰が塗られていた。

裏白戸の内側に、さらに網戸《あみど》がある。網は細い針金でできていた。

「では、どうぞ、お入りください」

与右衛門が網戸を開いた。

みなは履物を脱ぎ、蔵の中に入った。


扉を開け放っているので外の光が射しこみ、蔵の中を見渡すことができる。

中二階があり、階段が取りつけられていた。

一階にはおびただしい品物がおさめられている。

鍋釜《なべかま》のたぐいもあるが、衣類が圧倒的に多かった。

木製の棚には、書画骨董《こっとう》や茶器もおさめられている。

また一画には、ひとつずつ丁寧《ていねい》に懐紙《かいし》で包まれた櫛《くし》や笄《こうがい》、簪《かんざし》などが並べられていた。

すべてきちんと整理され、結びつけられたことよりを頼りに、すぐに目的の品物を探しだせるようになっている。

「ほう、すごいもんだな。おめえさん、どこになにがあるか、わかっているのかい」

辰治の問いに、与右衛門が答える。

「おおよそのことは、頭に入っております」

「では、よく見てくんな。

ただし、なくなった物があるかどうかを調べるのではない。まったくの逆だ。見慣れない物、覚えのない物があれば、教えてくんな」

「え、見慣れない物、覚えのない物ですか」

与右衛門は眉をひそめ、不審そうである。

それでも、棚のあいだを歩きながら、慎重に品々を見渡していく。

しばらくして、与右衛門が首を横に振った。

「親分、とくに気づきませんな。前回、蔵に入ったときと変わりございません」

「そうか、では、上を見てみようや」

階段をのぼって、中二階に向かう。

中二階はせまいので、与右衛門と辰治、伊織があがり、他の三人は残った。

天井が低いため、中二階では中腰にならなければならない。

やはり衣類が多かった。

黙って見まわしていた与右衛門が、衣類の束に手のひらを置いた。なにか気になるのか、手のひらでグッと押したりしている。

「どうか、したのか」

辰治が尋ねる。

与右衛門は首をひねりながら、

「いえ、とくに目についた物があるわけではないのですがね。なんとなく、以前に見たときより、高くなっている気がしまして。まあ、気のせいかもしれませんが」

と、ふたたび手のひらで押す。

すかさず伊織が言った。

「下に、なにか隠されているのかもしれません」

「着物を取りのけてみやしょう」

辰治の言葉に応じて、三人で協力して、重ねられた着物の束をほかの場所に移していく。

やがて、木箱がふたつ、姿を見せた。

衣類の束で覆《おお》い隠していたのだ。

辰治が確認する。

「おめえさん、この木箱に見覚えはあるかね」

「いえ、覚えはございません。なぜ、こんなところに、こんな木箱があるのか、あたくしにはわかりません。

番頭の三三郎からも、なにも聞いておりませんでした」

「そうですかい。では、中身を見てみやしょうや」

辰治が率先して、ひとつの木箱の蓋《ふた》を外した。

中には、男の財布や煙草入れ、女の髪飾りなどが詰まっていた。

もうひとつの木箱の蓋を取ると、底には小判が重なっていた。

「え、これは、いったい、どういうことですか。

親分、あたくしは、まったくあずかり知らないことでございまして。なぜ、こんな物がここにあるのか、あたくしは知りませんでした。いま初めて知ったと申しましょうか。あたくしは、まったく知りませんでした」

与右衛門はしどろもどろになった。

顔面は蒼白《そうはく》である。一歩間違うと、自分にとんでもない嫌疑《けんぎ》がかかるとわかったのであろう。

恐怖から、与右衛門の手がかすかに震えている。

辰治がいつになく、物分かりのいい口調で言う。

「心配しなさんな。おめえさんの仕業《しわざ》ではないのは、わかっていやすよ。さきほどから言っているように、これこそ番頭の三三郎の悪だくみだったのですよ。三三郎は悪党だったたってことでさ。

おめえさんの仕業ではないことを示すためにも、正直に話してもらいやすぜ」

「はい、もちろん、あたくしが知っていることは包み隠さず申し上げます」

「とりあえず下におろして、明るいところでじっくり調べやしょう。

おい、若いのふたり、手を貸してくんな」

助太郎と平助が手伝い、ふたつの木箱を一階におろした。

三

明るい場所を求めて、助太郎と平助がそれぞれ木箱をかかえ、蔵の外に出た。あとに、岡っ引の辰治、沢村伊織、お喜代、それに伊勢屋の主人の与右衛門が続く。

「おい、その木箱は渡してもらおう」

武士が、助太郎と平吉の前に立ちふさがった。

すでに刀を抜き放っている。

蔵の外で待ち受けていたことになろう。

背後に、ふたりの男がいた。武士ではないが、ふたりとも険《けわ》しい目つきをしており、堅気《かたぎ》ではないのがわかる。ともに、匕首《あいくち》を手にしていた。

(しまった)

伊織は舌打ちしたい気分だった。

竹《たけ》の杖《つえ》は携帯していたが、蔵の中に入る際、外の壁に立てかけておいたのだ。

たとえ手を伸ばしても、とても届く範囲ではなかった。

「渡せと言っても、そう簡単に渡せるもんじゃねえぜ」

辰治は臆《おく》せず言い返したが、懐にあるのは十手だけである。

短い十手では、とても大刀には太刀打ちできない。

武士が突きつけた刀に制せられ、辰治も一歩も動けない。

「加藤どのか」

伊織が言った。

武士はちょっと驚いたようだったが、返事はしない。加藤と認めたに等しかった。

刀で脅《おど》しながら、加藤が言った。

「そのふたつの木箱は、拙者が三三郎にあずけておいたものだ。三三郎が死んだいま、こうして取り返すしかないのでな。悪く思うな。

おい、受け取れ」

背後のふたりに向かって、加藤が言った。

その言葉を聞きながら、伊織は上方訛《なま》りに気づいた。正確には、膳所《ぜぜ》訛りであろう。

そのとき、助太郎がかがんで木箱をそっと地面に置き、あとずさってみなに合流する。

伊織はそれを見て、ちょっと奇異な感がした。加藤の配下の者に、自分から木箱を手渡すのがいやなのだろうか。それとも、匕首を手にした相手が不安なので、みなと一緒になりたいのだろうか。

横にいた平助も助太郎を見習い、木箱を地面にそっとおろして、あとずさる。

ふたりの男がそれぞれ、木箱の前に来た。

加藤が刀を、蔵の前に並んだ六人に突きつけ、

「動くんじゃねえぞ」

と、牽制《けんせい》しておいてから、配下に命じた。

「おい、蓋を開けろ。いちおう、中身を確かめる」

ふたりがしゃがみ、いったん匕首を地面に置いて、両手で木箱の蓋を外す。

加藤が箱の中をのぞきこんだそのとき、助太郎が横合いから飛びだした。手には、担い棒兼木刀の樫の棒がある。

伊織はようやく、助太郎があとずさった理由がわかった。

蔵の中に入るとき、助太郎も樫棒と風呂敷包みを外壁に立てかけていた。

木箱をおろして、おとなしく後退するように見せかけ、実際は樫棒のそばに近

寄ったのだ。

横合いからすばやく詰め寄った助太郎が、いきなり樫棒で加藤の膝のあたりを一撃した。

ビシッと鈍い音がする。

とっさのことで、しかも予期せぬ下半身への攻撃を受け、加藤はなんの対応もできなかった。

「ううっ」

苦悶《くもん》の声をあげ、加藤が身体をくの字に折り曲げる。

すかさず、辰治が飛びだしていった。

手にした十手で、加藤の右手首を撃ちすえる。やはり、鈍い音がした。

刀がぽろりと地面に落ちる。

続けて、辰治が加藤の頭や肩を十手で滅多《めった》打ちにした。

額が切れて、流血で顔面がたちまち真っ赤に染まる。ついに加藤は、その場にがっくりと、くずおれた。

いっぽうの伊織も、助太郎が加藤の膝を撃ったのを見て、急いで竹の杖のそばに走った。

杖を手にして戻ると、配下のひとりが木箱をかかえて逃げようとしていた。

伊織は追いすがると、男の右の下腹を斜め横から、杖で突いた。やや浅い突きだったが、男の足を止めるのには充分だった。

男は足が乱れ、箱をかかえたまま、前に倒れた。転倒した拍子に、箱の角で胸を打ったのか、

「げっ」

と、うめくや、そのまま悶絶《もんぜつ》した。

もうひとりの配下も木箱をかかえて逃げようとしたが、助太郎が追いすがり、

「メーン」

と気合を発しながら、樫棒で脳天に強烈な打撃を与える。

男は声もあげないまま、その場に倒れこんだ。

辰治は落ちていた刀と匕首を、すばやく拾い集めた。

続いて、横たわっている三人が当分のあいだ身動きできないのを確かめたあと、与右衛門に言った。

「店の者を自身番に走らせ、人を呼んでくんな」

ところが、与右衛門はぼんやりと突っ立っている。

放心状態のようだった。

「おい、聞いているのか」

辰治が声を荒らげる。

ようやく与右衛門も我に返った。

「は、はい。なんでしょう」

「自身番に知らせ、人を呼んでほしい」

「はい、すぐに店の者を走らせます」

「まあ、これで、おめえさんも、三三郎が悪党の一味だったことがわかったろうよ」

「はい、畏《おそ》れ多いことでございます」

「この三人はとりあえず、自身番に連行し、明日、お奉行所のお役人に引き渡す。

また、この木箱はふたつとも、そっくり自身番に持っていく。

異存はねえな」

「はい、異存などございません。親分のご指示どおりにいたします」

今度は、伊織が与右衛門に声をかけた。

「危ないところでしたね」

「は、はい、さようですな」

伊織は相手がまだわかっていないと知り、言葉を続けた。

「加藤どのは、ひそかに伊勢屋を見張っていたのです。

もし今日、親分をはじめ私らが伊勢屋を訪ねなかったとしたら、痺《しび》れを切らした加藤どのは今夜あたり、伊勢屋に押しこんでいたかもしれません。そして、刀でお手前を脅して、鑰で蔵を開けさせる手段に及んでいたかもしれませんぞ」

「まあ、危急存亡の秋《とき》だったってことさ」

辰治が重々しく言った。

そのあと、伊織を見てにやりとする。

使ってみたかった成語《せいご》を、ようやく使ったことになろう。

与右衛門はあらためて恐怖がこみあげてきたのか、瘧《おこり》のように身体を震わせている。

伊織が見まわすと、助太郎は樫棒を手に、仁王立《におうだ》ちしていた。

倒れている三人に油断なく目を配り、逃げだす気配があれば、樫棒で一撃を与えるつもりのようだ。

そんな助太郎に、辰治が声をかけた。

「おめえのすばしっこいのには驚いたぜ。まるで、牛若丸《うしわかまる》のようだな。おかげで助かった。礼を言うぜ」

岡っ引に褒《ほ》められ、助太郎はいかにも嬉《うれ》しそうである。

次に伊織は気づいて、ちょっとあきれた。

なんと、お喜代が倒れている三人の写生をしようとしているではないか。

そばに平助がかがんで、画材の準備をしている。

同じく気づいた辰治が、感に堪《た》えぬように言った。

「先生、女とはいえ、たいした絵師根性ですぜ」

「まあ、そうですな」

伊織のほうが圧倒される思いだった。

与右衛門が奉公人を呼んでいる。自身番に走らせるのであろう。

四

岡っ引の辰治が現れたのは、助太郎の手習いと、お喜代の『解体新書』の講義が終わろうとするころだった。

沢村伊織に対坐すると、辰治がおもむろに言った。

「鈴木の旦那が、先生に深くお礼を申しあげてくれと、申しておりやした。先生だけでなく、おめえさん方にも同様ですぜ。つまり、鈴木の旦那はおめえさん方にも深く礼を言う、だとよ」

辰治が、助太郎とお喜代をかえり見る。

同心の鈴木順之助からの礼を伝えられ、助太郎もお喜代も嬉しそうに顔をほころばせた。

伊織が言った。

「それで、すべてわかったのですか」

「ああ、ほぼ、わかりやしたよ。

これから、順に話しますがね」

話が長くなると察したのか、お喜代が口をはさんだ。

「親分、あたしと助太郎さんも、話をうかがっていいのですよね」

「もちろんですぜ」

「では、焼芋を食べながら聞くのはどうでしょうか」

「ふむ、それもいいでしょう。この時季、焼芋はうまいですからな。しかし、客が焼芋を食いながら講釈を聞くのはいいとして、肝心の講釈師はどうなりますね」

辰治がずうずうしいことを言った。

お喜代はクスリと笑う。

「もちろん、親分の分も用意します」

ついと立って、お喜代は、上框に腰をおろしている供の平助のそばに行った。

財布から銭を取りだし、渡しながら命じる。

「これで焼芋を買ってきや。人数分だよ。お末さんや虎吉さんの分もね」

お喜代は、下女のお末や下男の虎吉も忘れていなかった。

全部で七人分である。

先日、助太郎に焼芋を馳走すると言いながら、捕物騒ぎになったため、けっきょく実現できなかった。お喜代としては、約束を守る気持ちもあるようだ。

「へい、行ってまいります」

平助が飛びだしていく。

お喜代が座に着くのを待って、辰治が話しはじめた。

「鈴木の旦那が自身番で加藤と、甲《こう》と乙《おつ》を尋問《じんもん》したのですがね。例によって、ひとりを甲、もうひとりを乙と命名したわけです。

その後、三人は小伝馬町の牢屋敷に送られました。

加藤という侍は加藤伝九郎《でんくろう》といい、もとは膳所《ぜぜ》藩士ですな。不祥事《ふしょうじ》を起こして改易《かいえき》となり、浪人でした。

伊勢屋の番頭の三三郎は、陰《かげ》で派手に遊んでいたようですな。しかも、女と男の両方が好きだというのですから。金が必要なので、加藤と組んだのでしょう。

加藤と三三郎は芳町で知りあったのでしょうな」

「加藤は頭目《とうもく》だったのですか」

「いや、もっと上がいましてね。加藤は下《した》っ端《ぱ》ですよ。下っ端と言っても、ある重要な部分を任せられていたのですがね。

要するに、加藤と三三郎のふたりは巾着切りの頭目の意を受け、掏《す》った品物や、盗んだ品物の汚れ落としをして、世間に堂々と通用するようにしていたのです。

巾着切りが掏った財布などは、中身の金を抜き取ったあと、品物を加藤に渡します。盗んだ女の髪飾りなども、同じく加藤に渡します。

加藤はそれらの品を、三三郎に保管させていたのです。

じつに、うまい隠し場所です。質屋の蔵ともなれば頑丈で、大火に見舞われても蔵の中の物は守ります。また、鍵がなければ扉を開けるのは難しいですからな。

しかも、人はまさか、質屋の蔵が隠し場所とは思いません。

伊勢屋の主人にしても、つねに盗みを警戒していたでしょう。ですから、預かった質草はきちんと整理し、なにかがなくなればすぐに気がつくようにしていました。紛失している物がないか、日頃から注意を怠りませんでした。

そのため、逆に物が増えているのには、意外と気づかなかったのです」

「たしかに、人間の注意力の盲点をついた、うまい隠し場所ですね。加藤と三三郎の、どちらの発案でしょうか」

「それははっきりしませんが、頭目が指示したのでしょうな。頭目については、あとで説明しますがね。

掏ったり、盗んだりした品はしばらくのあいだ、伊勢屋の蔵に隠され、保管されました。

巾着切りや泥棒を捕らえ、家を調べても、なにも出てこないわけです。すべて、伊勢屋の蔵に隠されていたのですからな。

そして、ほとぼりが冷めたころ、加藤に頼まれた三三郎が蔵から取りだしていたのです。財布や煙草道具、髪飾りなどは上方《かみがた》や、大きな宿場などに運ばれ、そこで売りさばかれたのです。

数年が経過し、しかも土地も離れているため、もはや江戸で掏《す》られたのも、盗まれたのもわからないというわけです。

三三郎は伊勢屋の正式な鍮も扱える身分でしたが、主人に知られないよう急に運びこんだり、急に運びだしたりしなければならないときのために、複製の鍮を用意し、煙草入れの中に隠していたのでしょうな」

「さきほど、財布を掏ったときは金を抜き取り、財布だけ保管していたとのことでしたね。

しかし、伊勢屋の蔵に隠されていた木箱のひとつには、小判がびっしり詰まっていましたぞ」

「そこですよ。そこが連中の用心深いところでしてね。

財布を掏ったとき、金はすべて抜き取り、頭日への上納《じょうのう》と、巾着切りの手当てとなります。ところが、小判があった場合はかならず頭目に差しだす決まりになっていたのです。

そして、加藤を経由して三三郎に渡り、木箱の中に隠されたのです」

「二分金や南鐐二朱銀《なんりようにしゆぎん》は使ってもいいが、小判は使ってはいけないということですか」

「そういう、厳しい掟《おきて》があったのです。

小判を使えば目立ちますからな。

もちろん、吉原や深川の遊里《ゆうり》で小判をばらまいている人間はいますが、みな富裕な放蕩者《ほうとうもの》で、誰もが知っています。

ところが、得体の知れない男が吉原や深川で小判を使えば、怪しまれます。顔も覚えられますしね。

また、両替屋に小判を持ちこんで二分金などに両替する際も、近所の大店《おおだな》の番頭や手代など顔見知りの人間なら、両替屋も安心して応じます。

ところが、見知らぬ男が小判を持ちこめば、すぐに怪しまれます。また、顔も覚えられます。

そこで、小判も伊勢屋の蔵の中でしばらく眠らせておいて、ほとぼりが冷めたころを見はからい、江戸から離れた宿場の両替屋で、旅人をよそおい、両替していたのです。旅人が両替するのであれば、誰も怪しみませんからな。

その後、小判の入った財布を掏った巾着切りは、何割かを報酬《ほうしゅう》でもらっていたようですぜ。

このように、じつに用心深い仕組みだったのです。悪党とはいえ、たいしたものですぜ。鈴木の旦那もいたく感心していましたよ。

この仕組みを作ったのは、頭目でしょうがね」

「頭目が誰だが、わかったのですか」

「まだ、わかりやせん。

加藤にしても、頭目に会ったことはないのです。いつも、あいだに人を介して命令が届いていたようです。

甲と乙はけちな巾着切りでしたが、もちろん頭目に会ったことはありません。

しかし、町奉行所のお役人が加藤と甲と乙を厳しく吟味《ぎんみ》して白状させ、次々と巾着切りや泥棒を捕縛《ほばく》しています。

じつは、鈴木の旦那も小者《こもの》を率いて、あちこちの巾着切りや泥棒の召し捕りに出向いていましてね。それで、いまは身動きが取れないのです。

鈴木の旦那がぼやいていましたぜ。

『辰治、このところ、拙者は珍しく忙しくてな。ゆっくり飯を食う暇《ひま》もないくらいだ。そんなわけで、先生やお喜代どのに、よろしく言ってくれ』

だそうで、珍しく忙しそうでしたよ」

辰治が愉快そうに笑う。

伊織は、鈴木が配下に奇妙な指示を出しながら、それでも次々と巾着切りや泥棒の大物を召し捕っている姿を想像した。

「まあ、そのうち、芋蔓式《いもづるしき》に頭目にたどり着くでしょうな。ただし、いち早く姿をくらますかもしれませんがね。

ともあれ、江戸からしばらく巾着切りと泥棒が姿を消すでしょうな。しかし、しばらくですよ。そのうち、またぞろ、あちこちで悪さをする連中が湧《わ》いてきますよ。

わっしはときどき、鈴木の旦那やわっしがやっていることは、百姓が田んぼや畑でやっている草取りと同じじゃないかと思うことがありやすね」

珍しく、辰治がしんみりと言う。

伊織も興味を覚えた。

「ほう、どういうことですか」

「百姓が田んぼや畑で腰を曲げ、汗水垂らして、せっせと草取りをしていますな。ところが四、五日もすると、田んぼも畑も草だらけ。そこで、また、せっせと草取りをする。その繰り返しですよ。

そこで、自棄《やけ》になって、

『どうせまた生えてくるんだから、雑草なんか抜いても無駄だ。放って置けばいい』

と、草取りをやめてしまうと、どうなるか。

田んぼも畑も、草ぼうぼうになって、作物は実りません。

作物を実らせるには、また生えてくるとわかっていても、根気よく草を抜き続けなければならないのですよ。

鈴木の旦那とわっしがやっているのも同じでしてね。これまで、ずいぶん、悪党を召し捕り、打ち首にしやしたぜ。しかし、そのうち、別な悪党が出てくるというわけでしてね。きりがありやせん。

といって、放って置けば、悪党がはびこり、良民は生きづらくなります。やはり、真面目な、まっとうな人間が生きづらい世の中にしてはならないですからな。

そのため、鈴木の旦那とわっしは、百姓のように草取りを続けているというわけでさ」

「なるほど」

伊織は辰治の述懐《じゅっかい》に感心した。

その洞察は深いと言えよう。

しかし、ふと、同心の鈴木順之助の受け売りではないのかという気もしたが、
それはそれでよかろうと思った。

そのとき、焼芋を風呂敷で包んだ平助が戻ってきた。急いで歩いたのと、焼芋の熱で、平助の顔は真っ赤になっていた。


焼芋を食べるので、話は中断である。

みな、ふうふうと口で吹いて冷ましながら、食べるのに余念がない。

ときどき助太郎が、

「これは、うまいや」

と、合いの手を入れる。

辰治はいちばん早く食べ終わるや、さっそく言った。

「先生、芋を食うと屁《へ》が出るのはなぜですかね」

相変わらず悪趣味である。

人がまだ食べているのに、というより、まだ人が食べているからこそ話題にしているようだ。

伊織も言葉を濁《にご》す。

「さあ、蘭方医術でも習ったことはありませんな」

「そういえば、陰間は芋を食うのは禁制だそうですぜ。肝心のときに屁をしたら興ざめですからね」

辰治は自分で言い、自分で大笑いしている。

軽妙な猥談《わいだん》と自分では考えているようだが、下品さに歯止めがかからない。

そのとき、お喜代が陰間の話題に触発《しょくはつ》されたようだ。

「先生、あの歌菊さんに近く、お会いになる予定はありますか」

「いえ、とくに、そんなつもりはありませんが」

そう答えながら、伊織は歌菊を閑却《かんきゃく》していたなと思った。

加藤と、サンザことと三三郎の関係を教えてくれたのは歌菊ではなかったか。

しかも、わざわざ下谷七軒町まで伝えにきたのである。

ひとこと礼を言うべきであろうし、その後の顛末《てんまつ》も話してやりたい気がした。

だが、芳町に歌菊に会いにいくのは、はばかられる。それこそ、誤解されるかもしれない。

「なぜ、そんなことを聞くのです」

「陰間を絵に描きたくなったのです。しかし、女ひとりで歌菊さんを呼びだすわけにはまいりません。

そこで、先生に同行をお願いできればと思いまして。

芳町の料理屋で一席、設けます。そこに、歌菊さんを呼びましょう。もちろん、費用はすべて会津屋が持ちますから」

なんとも大胆な提案だった。

会津屋の主人が、娘のこんな奔放《ほんぽう》さを許しているのが、伊織は信じられない気がした。しかし、娘と言っても、お喜代が後家だからこそ許されているのかもしれなかった。

伊織にしてみても、ひとりで歌菊に会えば誤解されかねなかった。だが、お喜代が一緒だと、歌菊も誤解はしまい。

「そうですな、考えてみてもいいですぞ」

「はい、よろしくお願いします」

お喜代が顔を輝かせる。

そばで、さすがに辰治もあきれ、

「女だてらに、陰間を買うつもりかね」

と、小声でつぶやく。

いっぽう、助太郎は自分も同行できるのかどうか、気になってしかたがないようだ。もじもじして、落ち着かない。

コスミック・時代文庫

秘剣《ひけん》の名医《めいい》

九

蘭方検死医 沢村伊織

2021年6月25日　初版発行
2022年6月 6 日　3刷発行

【著 者】
永井《ながい》義男《よしお》

【発行者】
杉原葉子

【発 行】
株式会社コスミック出版
〒154-0002 東京都世田谷区下馬 6-15-4
代表　TEL.03(5432)7081
営業　TEL.03(5432)7084
　　　FAX.03(5432)7088
編集　TEL.03(5432)7086
　　　FAX.03(5432)7090

【ホームページ】
http://www.cosmicpub.com/

【振替口座】
00110 - 8 - 611382

【印刷／製本】
中央精版印刷株式会社

乱丁・落丁本は、小社へ直接お送り下さい。郵送料小社負担にて
お取り替え致します。定価はカバーに表示してあります。

ISBN978-4-7747-6295-1 C0193